大家的新聞日本語

吉岡桃太郎 著

噴火警戒レベル3の桜島

広大な照葉樹林が広がる自然豊かな南の島「口永良部島」。九州南端の鹿児島県に属する、人口百数十人の小さな島ですが、温泉やキャンプ場もあり、知る人ぞ知る観光スポットにもなっています。その口永良部島の新岳が2015年5月に再び噴火し、噴火警戒レベルが5に引き上げられ、全島が立ち入り禁止になったため、全島民が12キロほど離れた屋久島への避難を余儀なくされました。一昨年(2021年)7月には噴火警戒レベルは3から2に引き下げられ、火口周辺に引き続き規制がかかっていましたが、昨年(2022年)9月には噴火警戒レベルが「活火山であることに留意する」1になりました。

日本は台湾と同じく「環太平洋火山帯」に属し、気象庁の最新のデータによると、現在約111座の活火山があり、鹿児島県の桜島や熊本県の阿蘇山中岳のように年中噴火している火山もあります。

2014年9月に長野県と岐阜県の県境にある「御嶽山」が噴火し、死傷者を出した惨事は記憶に新しいでしょう。また、1991年6月には「雲仙・普賢岳」の噴火による大火砕流で43人の尊い命が失われました。

こうした火山活動の状況に応じて「警戒が必要な範囲」などを区分する指標「噴火警戒レベル」が導入されています。入山規制がかかっている桜島は「噴火警戒レベル3」に、火口周辺への立ち入りが規制されている阿蘇山は「噴火警戒レベル2」になっています。阿蘇山ロープウェイは2016年の熊本地震や大規模噴火の被害を受け、運行の再開を断念し解体され、新施設が計画されていましたが、残念ながら、火山活動の長期化の影響で、再建が白紙に戻されました。

実は富士山も活火山で「噴火警戒レベル1」になっています。江戸時代に噴火したとの記録があり、江戸の町(現在の東京)に大量の火山灰が降ったそうです。もし今、噴火したら、火山灰により首都機能が麻痺し、1万人以上の死傷者が出るとのシミュレーションもあります。現在、常に火山が噴火している桜島の小学生は、登下校時に白いヘルメットをかぶっています。万一に備えて、地震対策だけでなく、火山噴火対策も必要なようです。

台湾出身者初の快挙！

文学賞を受賞

自転車規制強化！

講習受講義務付け

作者序

新書終於出爐了！這本《大家的新聞日本語》跟過去推出的《桃太郎哈台灣！就是要醬吃醬玩──日本人眼中的台灣》等桃太郎系列的風格不同，是以「新聞」形式呈現，中日文對照介紹日本文化、生活、風俗習慣及這幾年發生的事情，如政府新政策、天災、犯罪等，還針對學習日語的讀者，加了「關鍵單字」、「常用句型」等。

桃太郎除了「哈台作家」、「特約記者」、「導遊」、「領隊」、「配音員」及電視廣播節目「特別來賓」的身分之外，其實還有學校「講師」的身分，在大專院校、企業等教授日語及日本文化、歷史、觀光等相關課程，而從二〇〇九年起教授的「新聞日本語」，每一堂課都選一個新聞主題，以「聽」、「說」、「讀」、「寫」四大面向展開全方位的日語課程，受到好評。

這本書是過去授課時，從學生反應熱烈的文章中，再精選出二十篇集結而成，全書共有五百個關鍵單字、六十個常用句型，除了可以讓日語程度N3以上的讀者學到各場合常用到的日語之外，還能了解日本文化、生活、風俗習慣等日語之外的知識。

希望這本書對想好好學習日語或想了解日本的讀者有幫助。

吉岡桃太郎

如何使用本書

「新聞日本語」課文

共有二十篇「新聞日本語」課文，每一篇都有不同的主題，涵蓋政治、經濟、文化、宗教、歷史、地理、人文、社會等豐富多元的議題，讓讀者可以學到不同領域常用到的日文。

正常語速音檔

每一篇均錄製正常語速的日語音檔，跟著聽、照著唸，可同時培養「聽」、「說」日語能力。

中文對照

「新聞日本語」課文的中文對照，針對較特別的部分還有補充說明。藉由中文對照，可檢測對課文的掌握程度。

關鍵單字

每一篇挑選二十五個關鍵單字，讓讀者可以學到不同領域常用到的用語，增加字彙量。

重音

關鍵單字標示重音，讓讀者學習發音更到位。如果標示兩種數字時，代表前面的數字是優先重音，例如：「至《いた》る所《ところ》」的重音有標示[2][6]，前面的[2]是優先重音，但[6]也是正確重音。

另外，如果兩個數字中間有「・」時，則代表分別是前面、後面詞彙的重音，例如：「健《けん》康《こう》保《ほ》険《けん》 被《ひ》保《ほ》険《けん》者《しゃ》証《しょう》」的重音有標示[5]・[0]，代表前面「健《けん》康《こう》保《ほ》険《けん》」的重音是[5]、後面「被《ひ》保《ほ》険《けん》者《しゃ》証《しょう》」的重音則是[0]。

詞性

關鍵單字標示詞性，以加強讀者的閱讀能力。其中動詞部分是以課文出現的形態為主，不一定是原型，也有被動詞等。

凡例

動 動詞　い形 い形容詞　な形 な形容詞　名 名詞　ことわざ 俚語

副 副詞　接 接続詞　量 量詞　連 連語　慣用句 慣用句

連体詞 連體詞

常用句型

每一篇挑選三個常用句型，每個句型都有兩句例句，也可以自己造句練習，將句型牢牢記住。

大家討論

每一篇挑選四個可討論的課文相關話題，請試著用日文寫出。藉由討論，讀者不但可以將課文融會貫通，還可以訓練日文寫作能力。

日本啥東西

每一篇挑選一個台灣讀者比較不熟悉、或可能感興趣的日本事物加以詳細說明，讓讀者對日本文化有更進一步的認識。

吉岡桃太郎

如何掃描 QR Code 下載音檔

1. 以手機內建的相機或是掃描 QR Code 的 App 掃描封面的 QR Code。
2. 點選「雲端硬碟」的連結之後，進入音檔清單畫面，接著點選畫面右上角的「三個點」。
3. 點選「新增至「已加星號」專區」一欄，星星即會變成黃色或黑色，代表加入成功。
4. 開啟電腦，打開您的「雲端硬碟」網頁，點選左側欄位的「已加星號」。
5. 選擇該音檔資料夾，點滑鼠右鍵，選擇「下載」，即可將音檔存入電腦。

目次

01 赤《あか》い羽《は》根《ね》共《きょう》同《どう》募《ぼ》金《きん》

有的「赤い羽根募金」募款箱是放在桌上的。

01 赤《あか》い羽根《はね》共同《きょうどう》募金《ぼきん》

衣替《ころもが》えの時期《じき》になり、涼《すず》しさも本格的《ほんかくてき》になると、街《まち》の至《いた》る所《ところ》で胸《むね》に赤《あか》い羽根《はね》を付《つ》けた人《ひと》を見《み》かけるようになります。テレビに出《で》てくるアナウンサーや首相《しゅしょう》、大臣《だいじん》なんかの胸《むね》にも赤《あか》い羽《は》根《ね》が付《つ》けてあります。この赤《あか》い羽根《はね》はいったい何《なに》を意味《いみ》しているのでしょうか？この赤《あか》い羽《は》根《ね》、毎年《まいとし》10月《じゅうがつ》から年末《ねんまつ》にかけて行《おこな》われている「赤《あか》い羽根共同募金《はねきょうどうぼきん》」で寄付《きふ》をした人《ひと》がもらえるものなのです。毎年恒例《まいとしこうれい》になっているこの募《ぼ》金《きん》では約《やく》200万人《にひゃくまんにん》いるといわれているボランティアが募金活動《ぼきんかつどう》に取《と》り組《く》み、これまで累積《るいせき》で8523億円《はっせんごひゃくにじゅうさんおくえん》を集《あつ》めてきました。

戦後間《せんごま》もない昭和《しょうわ》22年《にじゅうにねん》（1947年《せんきゅうひゃくよんじゅうしちねん》）にスタートした「赤《あか》い羽根共同募金《はねきょうどうぼきん》」は街頭募金《がいとうぼきん》のほか、企業《きぎょう》、学校《がっこう》、地域《ちいき》などでも寄付金《きふきん》が集《あつ》められています。当時《とうじ》の平均賃金《へいきんちんぎん》が1950《せんきゅうひゃくごじゅう》円《えん》だった初回《しょかい》の募金《ぼきん》では5億9000万円《ごおくきゅうせんまんえん》が集《あつ》まりました。郵便《ゆうびん》はがきが50銭《ごじゅっせん》、お豆腐《とうふ》1丁《いっちょう》が1円《いちえん》、理髪料《りはつりょう》が10円《じゅうえん》だった時代《じだい》ですから、現在《げんざい》のお金《かね》に換算《かんさん》すると約《やく》1200億円《せんにひゃくおくえん》から1500億円《せんごひゃくおくえん》という金額《きんがく》になるそうです。

ここ数年《すうねん》の募金総額《ぼきんそうがく》は150億円《ひゃくごじゅうおくえん》から160億円台《ひゃくろくじゅうおくえんだい》で推移《すいい》しているので、当時《とうじ》の金額《きんがく》がいかに突出《とっしゅつ》していたかがわかります。

最近《さいきん》は寄付《きふ》の選択肢《せんたくし》も増《ふ》え、クレジットカード、ネットバンク、コンビニのほか、一部《いちぶ》のネツト決済用《けっさいよう》の電子《でんし》マネー、ポイントでも寄付《きふ》できるようになりました。また、寄付金分《きふきんぶん》が上乗《うわの》せされた図書《としょ》カードやクオカードなどのオリジナルプリペイドカードを発売《はつばい》したり、購入金額《こうにゅうきんがく》の一部《いちぶ》が寄付《きふ》できるようにネットショップとタイアップしたりもしています。集《あつ》められたお金《かね》のうち、7割程度《ななわりていど》が地域《ちいき》の社会福祉《しゃかいふくし》などに役立《やくだ》てられ、残《のこ》りは広域的《こういきてき》なものに割《わ》り当《あ》てられています。

一見《いっけん》、いいことばかりに見《み》えるこの募金《ぼきん》ですが、問題《もんだい》がないわけではありません。本来《ほんらい》、共《きょう》同募金《どうぼきん》は寄付者《きふしゃ》の自発的《じはつてき》な協力《きょうりょく》が基本《きほん》で、社会《しゃかい》福祉法《ふくしほう》でもそう定《さだ》められています。しかし地域《ちいき》の自治会《じちかい》による戸別募金《こべつぼきん》は断《ことわ》りにくいという側《そく》面《めん》があり、半《なか》ば強制的《きょうせいてき》に行《おこな》われているというケースがあるほか、募金活動《ぼきんかつどう》を行《おこな》う募金《ぼきん》ボランティアも事実上《じじつじょう》、強制動員《きょうせいどういん》になっていることもあり、問題視《もんだいし》されています。実際《じっさい》に裁判《さいばん》で争《あらそ》われたこともあり、こうしたやり方《かた》を見直《みなお》す動《うご》きも出《で》てきています。みんなが納得《なっとく》できるように改《かい》善《ぜん》できるといいですね。

▶「赤い羽根共同募金」的募款典禮會場。

紅羽毛共同募款

每當制服換季、天氣真的轉涼，就會在街頭巷尾看到胸口上配戴紅羽毛的人。電視上的主播或首相、大臣等，也都在胸口上配戴上紅羽毛。這紅羽毛到底有什麼意義呢？每年十月到年底舉辦的「紅羽毛共同募款」活動，只要捐款，人人都能拿到這紅羽毛。這項每年例行的募款活動，據說參與的志工有兩百萬人左右，到目前為止累積募款金額高達八千五百二十三億日圓。

這項募款活動是第二次世界大戰結束後沒多久的一九四七年開始的，除了街頭募款之外，還有公司、學校、社區自治會等單位也有募款的動作。第一次募款時，總共募了五億九千萬日圓；當時的平均薪資是一千九百五十日圓、明信片是五毛日圓、一塊豆腐一日圓、一次理髮十日圓，換算成現在的幣值大概就有一千兩百億日圓到一千五百億日圓。而這幾年來，每年的募款金額大概介於一百五十億日圓到一百六十多億日圓之間，由此可見，當時的募款金額有多麼突出。

這幾年來，捐款的方式也多樣化，除了刷卡、網路銀行匯款、超商支付之外，部分網路電子商務支付系統或紅利也可以捐款。另外，也發行額外附加捐款金額的圖書卡、QUO卡等紅羽毛版預付卡，還有跟網路商店結盟，讓民眾網路購物消費的部分金額也能捐款。所募得的款項當中，七成左右是為了各地的社會福利等使用，剩下的則使用在跨區域的事情上。

這項募款活動看似都是好事，但並不是完全沒問題。共同募款活動應該是由捐款者的自發性協助來進行為原則，社會福祉法也如此規定。不過各地社區自治會的按鈴敲門方式募款活動讓人很難拒絕捐款，有些幾乎強迫住戶捐款，有些則實際上強制動員，強迫住戶參加募款活動當志工，這些已經成為社會問題。有些透過法律途徑打官司，有些也開始討論如何改善這些問題。希望改善到能夠讓大家都認同的程度。

＊電子マネー = Electronic payment system = 電子商務支付系統
デジタルウォレット= Digital wallet = 電子錢包

關鍵單字

	重音	日文	詞性	中文
1	[0]	募金《ぼきん》	名	募款
2	[0]	衣替《ころもが》え	名	換季、換裝
3	[0]	本格的《ほんかくてき》	な形	正式的、真正的
4	[2][6]	至《いた》る所《ところ》	名	到處
5	[3]	アナウンサー	名	主播
6		～にかけて		到～
7	[1][2]	寄付《きふ》	名	捐款
8	[0]	恒例《こうれい》	名	例行
9	[3]	取《と》り組《く》む	動	參與
10	[1]	丁《ちょう》	量	個、塊（計算豆腐時用的量詞）
11	[2]	いかに	副	如何
12	[3][4]	選択肢《せんたくし》	名	選項
13	[0]	ネット決済用《けっさいよう》	名	網路付款用
14	[4]	電子《でんし》マネー	名	電子商務支付系統
15	[3]	タイアップ	名	商業結盟、聯名
16	[6]	役立《やくだ》てられる	動	有用、用於～
17	[0]	広域的《こういきてき》	な形	跨區域的、大範圍的
18	[5]	定《さだ》められる	動	規定
19	[2][0]	自治会《じちかい》	名	社區組織
20	[4]	戸別募金《こべつぼきん》	名	按鈴敲門、挨家訪問的募款
21	[0][3]	側面《そくめん》	名	～的一面
22	[3][2]	半《なか》ば	副	幾乎
23	[5]	強制動員《きょうせいどういん》	名	強制動員
24	[0][3]	見直《みなお》す	動	重新評估、討論如何改善
25	[6]	納得《なっとく》できる	動	能夠認同

常用句型

1. ～で推移《すいい》する：介於～間的移動、變化（常用於統計數值的變化）

例 1　募金総額《ぼきんそうがく》は 150 億円《ひゃくごじゅうおくえん》から 1 6 0 億円台《ひゃくろくじゅうおくえんだい》で推移《すいい》している。

募款金額大概一百五十億日圓到一百六十多億日圓之間。

例 2　日本《にほん》の人口《じんこう》は 1《いち》億《おく》2000《にせん》万人台《まんにんだい》で推移《すいい》している。

日本人口一直維持一億兩千多萬人。

2. 一見《いっけん》：看似

例 1　一見《いつけん》、いいことばかりに見《み》える。

看似都是好事。（含「其實不見得都好事」之意）

例 2　田中《たなか》さんは一見《いつけん》、台湾人《たいわんじん》に見《み》えるが、実《じつ》は日本人《にほんじん》だ。

田中先生看起來是台灣人，但其實是日本人。

3. （～が）問題視《もんだいし》される：～成為社會問題

例 1　募金《ぼきん》ボランティアの強制動員《きょうせいどういん》が問題視《もんだいし》されている。

強迫參加當募款志工已成為社會問題。

例 2　危険《きけん》な歩《ある》きスマホが問題視《もんだいし》されている。

邊走邊滑手機造成危險已經成為社會問題了。

大家討論

1. 「赤《あか》い羽根《はね》共同《きょうどう》募金《ぼきん》」とはどんな募金《ぼきん》ですか？

「紅羽毛共同募款」是怎麼樣的募款呢？

2. 寄付《きふ》の方法《ほうほう》にはどんなものがありますか？

捐款有什麼樣的方式呢？

3. どんなことが問題視《もんだいし》されていますか？

什麼事情成為社會問題呢？

4. 台湾《たいわん》にはどんな募金《ぼきん》がありますか？

台灣有什麼樣的募款呢？

日本啥東西

クオカード（QUO卡）

這是一種可以在主要便利商店、書店等商店使用的儲值卡（商品卡），有三百日圓卡、五百日圓卡、七百日圓卡、一千日圓卡、兩千日圓卡、三千日圓卡、五千日圓卡、一萬日圓卡等八種面額。此卡與台灣的悠遊卡等電子錢包不同，用完也無法自行儲值。有些企業會把「QUO卡」當做行銷工具，在卡片上印自己公司的商品、吉祥物等，當成贈品或是抽獎活動的獎品等。

▶熊本熊圖案的1000日圓等值「クオカード」。

02 地《ち》下《か》鉄《てつ》サリン事《じ》件《けん》

東京地下鐵千代田線的連接通道。

02 地下鉄《ちかてつ》サリン事件《じけん》

ちょうど今《いま》から28年《にじゅうはちねん》ほど前《まえ》の1995《せんきゅうひゃくきゅうじゅうご》年《ねん》3月《さんがつ》20日《はつか》、東京《とうきょう》で化学兵器《かがくへいき》による無差別殺人《むさべつさつじん》を目論《もくろ》んだ同時多発《どうじたはつ》テロが発生《はっせい》しました。大都市《だいとし》でこのようなテロが発生《はっせい》したのは史上初《しじょうはつ》で、死傷者数《ししょうしゃすう》は6000人《ろくせんにん》を越《こ》えるといわれています。化学兵器《かがくへいき》として利用《りよう》される「サリン」と呼《よ》ばれる神経《しんけい》ガスが、計《けい》5編成《ごへんせい》の地下鉄《ちかてつ》の車両《しゃりょう》で散布《さんぷ》され、全世界《ぜんせかい》に衝撃《しょうげき》を与《あた》えました。このようなテロは想定外《そうていがい》だったため、事件当時《じけんとうじ》は混乱《こんらん》を極《きわ》めました。また、サリンの解毒剤《げどくざい》のストックが東京《とうきょう》にあまりなく、全国《ぜんこく》の病院《びょういん》や製薬会社《せいやくがいしゃ》から新幹線《しんかんせん》などを利用《りよう》して解毒剤《げどくざい》が集《あつ》められました。

この「地下鉄《ちかてつ》サリン事件《じけん》」の容疑者《ようぎしゃ》として、捜査線上《そうさせんじょう》に浮《う》かび上《あ》がったのが、新興宗教団体《しんこうしゅうきょうだんたい》の「オウム真理教《しんりきょう》」です。真理党《しんりとう》を結成《けっせい》し、大量《たいりょう》の候補者《こうほしゃ》を擁立《ようりつ》して衆議院選《しゅうぎいんせん》に挑《いど》んだり（結果《けっか》は全員落選《ぜんいんらくせん》）、教団代表《きょうだんだいひょう》の麻原彰晃《あさはらしょうこう》（本名《ほんみょう》・松本智津夫《まつもとちづお》）自《みずか》らがテレビなどに出演《しゅつえん》し、マスコミの露出度《ろしゅつど》が高《たか》まり、1990年前後《せんきゅうひゃくきゅうじゅうねんぜんご》から知名度《ちめいど》を上《あ》げてきました。しかし信者殺害事件《しんじゃさつがいじけん》、弁護士失踪事件《べんごししっそうじけん》などへの関与《かんよ》が明《あき》らかになり、マスコミへの登場頻度《とうじょうひんど》も減《へ》り、警察《けいさつ》の監視《かんし》の対象《たいしょう》にもなっていました。

その後《ご》、オウム真理教追放運動《しんりきょうついほううんどう》なども起《お》こり、批判《ひはん》の矢面《やおもて》に立《た》たされたオウム真理教《しんりきょう》。信《しん》者《じゃ》の数《かず》も激減《げきげん》しました。また、2011年《にせんじゅういちねん》に指《し》名手配中《めいてはいちゅう》だった容疑者《ようぎしゃ》が自首《じしゅ》し、翌年《よくねん》に最後《さいご》の容疑者《ようぎしゃ》が逮捕《たいほ》されたことで、「地下鉄《ちかてつ》サリン事《じ》件《けん》」に関与《かんよ》したとされる教団《きょうだん》の幹部《かんぶ》は、全員逮《ぜんいんたい》捕《ほ》され、懲役《ちょうえき》、無期懲役《むきちょうえき》、死刑《しけい》が確定《かくてい》し、死刑《しけい》も執行《しっこう》されました。事件《じけん》は一段落《いちだんらく》し、世間《せけん》からは徐々《じょじょ》に忘《わす》れられてきています。

事件《じけん》からもうすぐ28年《にじゅうはちねん》。毎年3月《まいとしさんがつ》に入《はい》ると、テレビや雑誌《ざっし》などでは事件《じけん》の特集《とくしゅう》が組《く》まれることがありますが、この事件《じけん》を知《し》らない人《ひと》も増《ふ》え、事件《じけん》の風化《ふうか》が懸念《けねん》されています。被害《ひがい》者《しゃ》の中《なか》にはいまだに心的外傷後《しんてきがいしょうご》ストレス障害《しょうがい》（PTSD《ぴーてぃーえすでぃー》）に悩《なや》まされ、怖《こわ》くて地下鉄《ちかてつ》に乗《の》れないという人《ひと》もいるそうです。こうした事件《じけん》が二度《にど》と起《お》こらないように、ゴミ箱《ばこ》が撤去《てっきょ》されたり、中身《なかみ》がわかるように透明《とうめい》のゴミ箱《ばこ》が設置《せっち》されたりしています。また、不審物《ふしんぶつ》のチェックの強化《きょうか》もされています。

▶看得到裡面的透明垃圾桶變多。

地下鐵沙林毒氣事件

回溯到大概二十八年前的一九九五年三月二十日，在東京發生了多起同時間施放化學毒氣的計畫性隨機殺人恐怖攻擊。這是有史以來第一件發生在大都市的化學恐攻，據說傷亡人數超過了六千人。被用來當作生化武器的是一般稱為「沙林」的神經毒氣，遭人施放在共五班地下鐵的車廂中，帶給全世界莫大的衝擊。因為沒預料到會發生像這樣的恐怖攻擊，事件發生當時極度的混亂。另外，由於沙林的解毒劑庫存在東京的並不多，於是利用新幹線等，從全國的醫院、藥廠收集了解毒劑。

以此「地下鐵沙林毒氣事件」嫌疑犯之姿浮上檯面的，是新興宗教團體「奧姆真理教」。他們不但組成真理黨，提名為數眾多的候選人參選眾議院議員（結果全數落選），教主麻原彰晃（本名為松本智津夫）還主動參與電視節目演出，媒體曝光率增加，自一九九〇年前後，不斷提升知名度。但是涉及殺害信徒事件、律師失蹤事件等昭然若揭，媒體曝光率減少，也成了警方監視的對象。

之後，因為發生了消滅奧姆真理教運動等，奧姆真理教成了批判的眾矢之的，信徒也隨之銳減。另外，二〇一一年時，遭到通緝的嫌疑犯自首；次年最後一位嫌疑犯被逮捕。至此，與「地下鐵沙林毒氣事件」相關的集團幹部全員遭到逮捕，所有人都已分別判處有期、無期徒刑或死刑，也已經執行死刑了。事件告一段落，漸漸地被大家所淡忘。

事件發生距今快二十八年了。儘管每年一到三月，電視或雜誌等會製作相關專題報導，但不知道此一事件的人愈來愈多，令人擔心這事件終將隨著時間流逝而被淡忘。被害者當中，聽說到現在仍有人為創傷症候群（ＰＴＳＤ）所困，有人甚至害怕到不敢搭地下鐵。為了不讓這類事件再度發生，撤掉原本的垃圾桶，或是改放看得到裡面的透明垃圾桶，並且加強了對可疑物品的檢查。

關鍵單字

	重音	日文	詞性	中文
1	[5]	無差別殺人《むさべつさつじん》	名	隨機殺人
2	[1]	テロ	名	恐怖攻擊
3	[5]	神経《しんけい》ガス	名	神經毒氣
4	[0]	車両《しゃりょう》	名	車廂
5	[1][0]	散布《さんぷ》される	動	被施放
6	[4]	想定外《そうていがい》	名	沒預料到（常用於意外事故等）
7	[3][0]	解毒剤《げどくざい》	名	解毒劑
8	[3]	候補者《こうほしゃ》	名	候選人
9	[0]	擁立《ようりつ》する	動	提名
10	[2]	挑《いど》む	動	挑戰（文中是「參選」之意）
11	[3]	露出度《ろしゅつど》	名	曝光率
12	[1]	関与《かんよ》	名	涉及
13	[1]	頻度《ひんど》	名	頻率
14	[0]	追放《ついほう》	名	放逐
15	[4]	指名手配《しめいてはい》	名	通緝
16	[0]	懲役《ちょうえき》	名	有期徒刑
17	[3]	無期懲役《むきちょうえき》	名	無期徒刑
18	[3]	一段落《いちだんらく》	名	告一個段落
19	[0]	風化《ふうか》	名	（隨著時間流逝）忘卻
20	[0][1]	懸念《けねん》される	動	令人擔心
21	[9]・[5]	心的外傷後《しんてきがいしょうご》 ストレス障害《しょうがい》	名	創傷後壓力症候群
22	[5]	悩《なや》まされる	動	為～所困
23	[1]	撤去《てっきょ》される	動	被撤掉
24	[2]	不審物《ふしんぶつ》	名	可疑物品
25	[1]	強化《きょうか》	名	加強

常用句型

1. ～を目論《もくろ》む：計劃（常用於犯罪等負面計畫或擴大事業等有野心的計畫）

例1 国会襲撃《こっかいしゅうげき》を目論《もくろ》む。

計劃襲擊國會。

例2 海外進出《かいがいしんしゅつ》を目論《もくろ》む。

計劃打進海外市場。

2. （～が）浮《う》かび上《あ》がる：～浮上檯面

例1 容疑者《ようぎしゃ》が浮《う》かび上《あ》がる。

嫌疑犯浮上檯面。

例2 実情《じつじょう》が浮《う》かび上《あ》がる。

實情浮上檯面。

3. ～の矢面《やおもて》に立《た》たされる：成了～的眾矢之的

例1 批判《ひはん》の矢面《やおもて》に立《た》たされる。

成了批評的眾矢之的。

例2 追及《ついきゅう》の矢面《やおもて》に立《た》たされる。

成了追究的眾矢之的。

大家討論

1. 「地下鉄《ちかてつ》サリン事件《じけん》」とは何《なん》ですか？

   「地下鐵沙林毒氣事件」是什麼？

2. 「オウム真理教《しんりきょう》」はどんな宗教団体《しゅうきょうだんたい》だと思《おも》いますか？

   您認為「奧姆真理教」是什麼樣的宗教？

3. どうして事件《じけん》の風化《ふうか》が懸念《けねん》されていると思《おも》いますか？

   您認為為什麼忘卻這事件會令人擔心？

4. 台湾《たいわん》でこのような事件《じけん》が起《お》こったことがありますか？

   在台灣有沒有發生過類似的事件？

日本啥東西

神道《しんとう》、仏教《ぶっきょう》（神道、佛教）

在日本政府登記的宗教團體超過十八萬（二〇二一年底），其中將近九成是屬於「神道」或「佛教」的宗教。「神道」是日本特有的民間信仰，古代日本人認為地球萬物都有神明因而祭拜，如山有山神、樹有樹神等，從《古事記》、《日本書紀》等古書上也能看到「天照大神《あまてらすおおみかみ》」（太陽神）等神明的神話故事。而「神社《じんじゃ》」便是供奉這些神明及部分天皇的地方，神社的入口通常都有類似門樓的「鳥居《とりい》」。至於傳統家庭裡則有「神棚《かみだな》」供奉神明、「仏壇《ぶつだん》」祭拜祖先，這是因為早期日本「神仏習合《しんぶつしゅうごう》」（神佛融合），多數民眾神道與佛教兩者都信，也因此神社裡有佛寺、或佛寺裡有神社也很常見，不過明治維新後，明治政府實施「神仏分離《しんぶつぶんり》」（神佛分離）政策，明確區分「神道」與「佛教」，所以現在幾乎看不到神社裡有佛寺、或佛寺裡有神社的情形。

▶傳統日本家庭供奉神明的「神棚」要擺在比頭高的處所。

03 マイナンバー制《せい》度《ど》

ATM 的操作畫面會出現「マイナポイント」的廣告。

03 マイナンバー制度《せいど》

日本《にほん》には台湾《たいわん》のようにすべての国民《こくみん》に番号《ばんごう》を振《ふ》り当《あ》てる「身分証番号《みぶんしょうばんごう》」のようなものがありませんでした。当然《とうぜん》、国《くに》が発行《はっこう》する「ＩＤ《あいでぃー》カード」もなかったので、銀行《ぎんこう》で口座《こうざ》を開設《かいせつ》する際《さい》などに必要《ひつよう》な「本人確認書類《ほんにんかくにんしょるい》」あるいは「身分《みぶん》証明書《しょうめいしょ》」として、運転免許証《うんてんめんきょしょう》、学生証《がくせいしょう》、健康保険被保険者証《けんこうほけんひほけんしゃしょう》などを提示《ていじ》していました。また、運転免許証《うんてんめんきょしょう》、年金手帳《ねんきんてちょう》、健康保険被保険者証《けんこうほけんひほけんしゃしょう》など公《おおやけ》の機関《きかん》が発行《はっこう》するものは、それぞれの機関《きかん》で独自《どくじ》の番号《ばんごう》を振《ふ》り当《あ》てているため、縦割《たてわ》り行《ぎょう》政《せい》で国民《こくみん》の個人情報管理《こじんじょうほうかんり》にムダが生《しょう》じているともいわれていました。

こうした問題《もんだい》を解決《かいけつ》するため、かつて導入《どうにゅう》が検討《けんとう》され頓挫《とんざ》した「国民総背番号制《こくみんそうせばんごうせい》」が、「マイナンバー制度《せいど》」と名《な》を改《あらた》め、２０１６年１月《にせんじゅうろくねんいちがつ》から導入《どうにゅう》されました。日本《にほん》でもすべての国民《こくみん》に番号《ばんごう》が振《ふ》り当《あ》てられることになり、各機関《かくきかん》でバラバラに振《ふ》り当《あ》てられている番号《ばんごう》を統一《とういつ》することで、国民《こくみん》の個人情報《こじんじょうほう》が一元管理《いちげんかんり》できるようにし、「公平《こうへい》・公正《こうせい》な社会《しゃかい》の実現《じつげん》」「国民《こくみん》の利便《りべん》性《せい》の向上《こうじょう》」「行政《ぎょうせい》の効率化《こうりつか》」を達成《たっせい》するのが目《もく》的《てき》だと政府《せいふ》は説明《せつめい》しました。

それで全国民《ぜんこくみん》に１２桁《じゅうにけた》のマイナンバー（個人《こじん》番号《ばんごう》）が振《ふ》り当《あ》てられることになりましたが、国《くに》が個人情報《こじんじょうほう》を一元管理《いちげんかんり》することには、懸念《けねん》の声《こえ》もあがり、個人情報漏洩《こじんじょうほうろうえい》だけでなく、政府《せいふ》が将来的《しょうらいてき》に預貯金口座《よちょきんこうざ》にマイナンバーを適用可能《てきようかのう》にし、国民《こくみん》の個人資産《こじんしさん》を把握《はあく》し、納税《のうぜい》の適正化《てきせいか》をはかることなどを検討《けんとう》している点《てん》も懸念材料《けねんざいりょう》になっていました。さらにマイナンバーカードの申請《しんせい》は義務《ぎむ》ではない上《うえ》、当初《とうしょ》は申請手続《しんせいてつづ》きが煩雑《はんざつ》だったため、導入《どうにゅう》3年《さんねん》以上《いじょう》経《た》った2019《にせんじゅうきゅう》年《ねん》4月《しがつ》の段階《だんかい》での普及率《ふきゅうりつ》は13《じゅうさん》%にとどまりました。

そこでマイナンバーカードの普及促進《ふきゅうそくしん》とキャッシュレス決済《けっさい》を普及《ふきゅう》させるために導入《どうにゅう》されたのが、「マイナポイント事業《じぎょう》」です。マイナンバーカードと対象《たいしょう》となるクレジットカード、電子《でんし》マネーなどのキャッシュレス決済《けっさい》サービスをひも付《つ》けることで、消費金額《しょうひきんがく》の25《にじゅうご》%がポイントで還元《かんげん》されるもので、最大《さいだい》で5《ご》0《せん》00円《えん》まで還元《かんげん》されます。第一弾《だいいちだん》は2021《にせんにじゅういち》年末《ねんまつ》に終了《しゅうりょう》していますが、2022《にせんにじゅうに》年《ねん》1月《いちがつ》からは第二弾《だいにだん》がはじまり、2022《にせんにじゅうに》年《ねん》4月《しがつ》1日《ついたち》の段階《だんかい》ではその普及率《ふきゅうりつ》が43・3《よんじゅうさんてんさん》%にまで伸《の》びました。

▶呼籲民眾申辦「マイナンバーカード」的政府宣傳廣告。

個人編號制度

日本以前不像台灣，會分配給每個國民類似「身分證號碼」般的東西。當然也沒有國家發行的「身分證」，因此在銀行開戶等時候，需要提出駕照、學生證、健保卡之類的證件，來當作確定是「本人文件」或「身分證明書」。另外，以前像公家機關發行的駕照、年金簿、健保卡等東西，都有各機關獨自分配給予的號碼。有人認為這樣的縱向行政，在個資管理上會產生多餘不必要的浪費。

為了解決這些問題，將過去曾經討論導入（採用）卻受挫的「國民總背番號制（全體國民編號制度）」改名為「個人編號制度」，於二〇一六年一月正式推出。日本也將會分配給全國國民各一組號碼（證號），政府方面說明，這是為了藉由整合各機關各自為政的證號，便於統一管理國民的個資，來達成「實現公平公正的社會」、「增加便民度」、「有效率的行政」三個目的。

因此現在所有國民都被分配到一組十二位數的「個人編號」，但是對像這樣由國家來統一管理個資的做法，出現了不少擔心的聲浪。不只是個資洩漏問題，政府還在計劃未來要將存款帳戶以「個人編號」管理，以掌握國民的個人資產、遏止逃漏稅等，這些似乎都成為關注的焦點。再加上「個人編號卡」的申請並非義務，而且當初申請手續繁雜，新制上路三年多後的二〇一九年四月時，其普及率只不過是百分之十三而已。

因為普及率不高，為了推廣普及「個人編號卡」及「無現金支付」，政府導入「個人編號點數制度」。綁定「個人編號卡」與對象的無現金支付，如信用卡、電子商務支付系統等之後，消費時可以回饋百分之二十五的點數，但以五千日圓為上限。第一波已於二〇二一年底結束，不過二〇二二年一月起有第二波，二〇二二年四月一日時，其普及率已高達百分之四十三點三。

MP3-06

關鍵單字

	重音	日文	詞性	中文
1	7	マイナンバー制度《せいど》	名	個人編號制度
2	5	ID《あいでぃー》カード	名	身分證
3	0	口座《こうざ》	名	帳號
4	0	運転免許証《うんてんめんきょしょう》	名	駕照
5	5・0	健康保険《けんこうほけん》 被保険者証《ひほけんしゃしょう》	名	健保卡
6	1 0	独自《どくじ》	名	獨自
7	4	個人情報《こじんじょうほう》	名	個資
8	0	ムダ	名	浪費
9	0	国民総背番号制《こくみんそうせばんごうせい》	名	全體國民編號制度
10	0	バラバラ	な形	分散的
11	5	一元管理《いちげんかんり》	名	統一管理
12	0	利便性《りべんせい》	名	方便性
13	0	向上《こうじょう》	名	增加
14	0	効率化《こうりつか》	名	有效率
15	0	漏洩《ろうえい》	名	洩漏
16	5	預貯金口座《よちょきんこうざ》	名	銀行帳戶及郵局帳戶
17	0	適正化《てきせいか》	名	遏止（不當現象）、適切化
18	0	煩雑《はんざつ》	名	繁雜
19	0	段階《だんかい》	名	階段
20	0	促進《そくしん》	名	推廣
21	6	キャッシュレス決済《けっさい》	名	無現金支付
22	6	クレジットカード	名	信用卡
23	4	ひも付《つ》ける	動	綁定
24	0	還元《かんげん》される	動	回饋
25	1・0	第《だい》 一弾《いちだん》	名	第一波

常用句型

1. ～を振《ふ》り当《あ》てる：分配～

例 1 社員全員《しゃいんぜんいん》に 8 桁《はちけた》の社員番号《しゃいんばんごう》を振《ふ》り当《あ》てた。

所有員工都分配到了一組八位數的員工編號。

例 2 新入社員《しんにゅうしゃいん》に仕事《しごと》を振《ふ》り当《あ》てる。

把工作分配給新進員工。

2. 縦割《たてわ》り：縱向的（指人際關係或指某組織裡的各單位沒有互相聯繫）

例 1 日本《にほん》は縦割《たてわ》り社会《しゃかい》だ。

日本是縱向社會。

例 2 縦割《たてわ》りで非効率《ひこうりつ》になった。

因為是縱向，效率變差了。

3. ～が頓挫《とんざ》する：～挫折（本來順利的計畫突然受挫）

例 1 新《あたら》しい事業計画《じぎょうけいかく》が頓挫《とんざ》する。

新的事業計畫受挫。

例 2 駅前《えきまえ》の再開発計画《さいかいはつけいかく》が頓挫《とんざ》する。

站前重劃計畫受挫。

大家討論

1. 「マイナンバー制度《せいど》」とは何《なん》ですか？

   「個人編號制度」是什麼？

2. どうして「マイナンバー制度《せいど》」が導入《どうにゅう》されることになりましたか？

   為什麼決定採用「個人編號制度」？

3. 「マイナンバー制度《せいど》」についてどのような懸念《けねん》がありますか？

   針對「個人編號制度」有怎麼樣的憂心？

4. 台湾《たいわん》の身分証《みぶんしょう》について説明《せつめい》してください。

   請介紹一下台灣的身分證。

日本啥東西

預《よ》金《きん》口《こう》座《ざ》 VS 貯《ちょ》金《きん》口《こう》座《ざ》（銀行存款帳戶 VS 郵局存款帳戶）

「預《よ》貯《ちょ》金《きん》口《こう》座《ざ》」指的是「預《よ》金《きん》口《こう》座《ざ》」與「貯《ちょ》金《きん》口《こう》座《ざ》」，兩者均為存款帳戶。為什麼有不同名稱呢？

據了解，日本最早針對一般民眾的存款制度出現於一八七五年的郵局「郵《ゆう》便《びん》貯《ちょ》金《きん》制《せい》度《ど》」，「貯《ちょ》金《きん》」是英文「Saving」的翻譯，有「お金《かね》を貯《た》める」（存錢）之意，所以郵局的存款叫「貯《ちょ》金《きん》」，農會、漁會亦是。

而「預《よ》金《きん》」則是銀行的存款，因為早期銀行都有設存款金額門檻，一般民眾根本無法存款，主要是針對企業或商人，也就是銀行是把客戶「預《あず》けたお金《かね》」（寄放的錢）借給企業賺利息，所以銀行的存款才會叫「預《よ》金《きん》」，信用合作社亦是。

現在郵局已經民營化，目前分為三家公司：負責金融業務的是「ゆうちょ銀《ぎん》行《こう》」、負責保險業務的是「かんぽ生《せい》命《めい》保《ほ》険《けん》」、及負責郵政業務的是「日《に》本《ほん》郵《ゆう》便《びん》」，雖然郵局金融部門已經改制為銀行，但存款依舊叫「貯《ちょ》金《きん》」。

▲郵局門口的看板，「ゆうちょ銀行」負責金融業務。

04 ゴールデンウイーク

每年 5 月 3 日及 4 日有「博多どんたく（Dontaku）」的祭典活動。

04 ゴールデンウイーク

毎年《まいとし》4月《しがつ》29日《にじゅうくにち》ごろから日本《にほん》では大型連休《おおがたれんきゅう》に突入《とつにゅう》します。各地《かくち》の行楽地《こうらくち》は大勢《おおぜい》の人《ひと》でにぎわい、高速道路《こうそくどうろ》、新幹線《しんかんせん》、空《そら》の便《びん》は大混雑《だいこんざつ》します。日本《にほん》には三《みっ》つの大型連休《おおがたれんきゅう》があります。一《ひと》つは年末年始《ねんまつねんし》の「お正月休《しょうがつやす》み」、もう一《ひと》つは8月《はちがつ》の「お盆休《ぼんやす》み」、そして4月下旬《しがつげじゅん》から5月上旬《ごがつじょうじゅん》にかけての「ゴールデンウイーク」です。観光《かんこう》業《ぎょう》にとってゴールデンウイークはかき入《い》れ時《どき》でもあるため、観光客《かんこうきゃく》の誘致《ゆうち》に躍起《やっき》になっています。

お正月休《しょうがつやす》みは新年《しんねん》を迎《むか》えるための休《やす》み、お盆《ぼん》休《やす》みは先祖《せんぞ》を供養《くよう》するための休《やす》みですが、ゴールデンウイークはこの時期《じき》に祝日《しゅくじつ》が集中《しゅうちゅう》しているために連休《れんきゅう》になるのです。もともとは4月《しがつ》29日《にじゅうくにち》の「天皇誕生日《てんのうたんじょうび》」、5月3日《ごがつみっか》の「憲法記念日《けんぽうきねんび》」、5月5日《ごがついつか》の「こどもの日《ひ》」と祝日《しゅくじつ》は3日《みっか》しかありませんでしたが、飛石連休《とびいしれんきゅう》の改善《かいぜん》をはかるため、1980年代後半《せんきゅうひゃくはちじゅうねんだいこうはん》から祝日《しゅくじつ》にはさまれた日《ひ》、つまり5月4日《ごがつよっか》を「国民《こくみん》の休日《きゅうじつ》」とし、5月3日《ごがつみっか》から5月5日《ごがついつか》が三連休《さんれんきゅう》になるようになりました。

飛石連休《とびいしれんきゅう》というのはとびとびで休《やす》みになる連休《れんきゅう》のことです。例《たと》えば1983年《せんきゅうひゃくはちじゅうさんねん》は4月29《しがつにじゅうく》日《にち》の祝日《しゅくじつ》が金曜日《きんようび》、5月1日《ごがつついたち》が日曜日《にちようび》、そして3日《みっか》、5日《いつか》が祝日《しゅくじつ》で8日《ようか》が日曜日《にちようび》と1週間以上《いっしゅうかんいじょう》にまたがる飛石連休《とびいしれんきゅう》でした。学生《がくせい》なら授業《じゅぎょう》、休《やす》みが、会社員《かいしゃいん》なら仕事《しごと》、休《やす》みが毎日《まいにち》交互《こうご》になるので、どうせなら休《やす》みが減《へ》っても連休《れんきゅう》になった方《ほう》がいいと思《おも》っていた人《ひと》も少《すく》なくないのではないでしょうか。

昭和《しょうわ》天皇《てんのう》が崩御《ほうぎょ》してから「天皇誕生日《てんのうたんじょうび》」は12月23日《じゅうにがつにじゅうさんにち》になりましたが、4月29日《しがつにじゅうくにち》は長年《ながねん》日本人《にほんじん》に親《した》しまれてきた祝日《しゅくじつ》のため、「みどりの日《ひ》」と名称《めいしょう》が変《か》わり、2007年《にせんしちねん》には昭和《しょうわ》の時代《じだい》を顧《かえり》み、国《くに》の将来《しょうらい》に思《おも》いをいたす「昭和《しょうわ》の日《ひ》」になりました。そして自然《しぜん》に親《した》しむとともにその恩恵《おんけい》に感謝《かんしゃ》し、豊《ゆた》かな心《こころ》をはぐくむ「みどりの日《ひ》」は5月4日《ごがつよっか》に移動《いどう》しました。

去年《きょねん》（2022年《にせんにじゅうにねん》）は4月29日《しがつにじゅうくにち》が金曜日《きんようび》なので、4月29日《しがつにじゅうくにち》から5月1日《ごがつついたち》までが三連休《さんれんきゅう》、そして5月3日《ごがつみっか》から5日《いつか》までが三連休《さんれんきゅう》となり、せっかくのゴールデンウイークがみっつに分断《ぶんだん》されてしまっています。中《なか》には5月2日《ごがつふつか》と6日《むいか》の二日《ふつか》も休《やす》みにする企業《きぎょう》や、この間《あいだ》有休《ゆうきゅう》を取《と》って最大《さいだい》で10《じゅう》連休《れんきゅう》になるケースもあったようです。この時期《じき》には台北《たいぺい》の街角《まちかど》でもいつにも増《ま》して日本人観光客《にほんじんかんこうきゃく》をよく見《み》かけますので、日本語《にほんご》の練習《れんしゅう》も兼《か》ねて声《こえ》をかけてみるといいかもしれませんね。

2022年　黃金週

日	一	二	三	四	五	六
24	25	26	27	28	29	30 昭和之日
1	2	3 憲法紀念日	4 綠之日	5 兒童節	6	7
8	9	10	11	12	13	14

▶2022年的黃金週被切割成三個連休。

黃金週

在日本，每年從四月二十九日左右開始就進入了大型連續假期，各觀光地皆是人聲鼎沸。高速公路、新幹線、飛機航班也都擁擠不堪。日本有三個大型連續假期，一個是年底的「過年」，一個是八月的「盂蘭盆節」，還有一個是四月下旬到五月上旬的「黃金週」。對觀光業來說，因為黃金週是旅遊旺季，因此，業者無不絞盡腦汁吸引觀光客。

過年的休假是為了迎接新年，盂蘭盆節的休假是為了祭拜祖先，黃金週則是因為這段期間有多個節日集中在一起而產生的連續假期。原本只有四月二十九日「天皇誕生日」、五月三日「憲法紀念日」、五月五日「兒童節」這三天的假日，但由於進行改善「飛石連休」的計畫，從一九八〇年代後期開始，只要是兩個節日之間的工作日，也就是把五月四日定為「國民的休假日」，如此一來，從五月三日到五月五日就成了三連休。

所謂的「飛石連休」意即間斷式的連續假期。比如一九八三年四月二十九日的節日是星期五，五月一日是星期日，然後三日、五日是節日，八日是星期日，這即是橫跨一星期以上的「飛石連休」。學生一天上課一天休息，上班族則是一天上班一天休息，在這休息、不休息的交替之下，應該會有不少人覺得即使休假減少，也還是連休比較好吧。

自昭和天皇駕崩後，「天皇誕生日」就變成了十二月二十三日（現任天皇的生日為二月二十三日，二〇二〇年起假期改為二月二十三日），但是四月二十九日已經成為日本人長時間熟悉的節日，因此將名稱改為「綠之日」，更在二〇〇七年時，基於回顧昭和時代，對國家的將來遙寄希望之意，而將其定為「昭和之日」。然後把親近大自然的同時感謝其恩惠，及孕育豐富心靈的「綠之日」移至五月四日。

去年（二〇二二年）因為四月二十九日是星期五，四月二十九日到五月一日是休息三天，而五月三日到五月五日則有另一個三天連續假期，得來不易的黃金週被斷成了三截。其中有些公司乾脆五月二日和五月六日也放假，或是有些人請特休，變成了天數最多可達十連休的假期。由於這段時間在台北街上會遇到比平常更多的日本觀光客，所以兼練習日文，和他們搭搭訕也不錯。

▶在福岡，每年黃金週期間，「紫藤花」剛好都會盛開。

▶每年5月3日及4日有「博多どんたく」（博多Dontaku）的祭典活動。

▶5月5日前有的地方會掛「鯉のぼり」（鯉魚旗），圖為熊本杖立溫泉。

MP3-08

關鍵單字

	重音	日文	詞性	中文
1	0	突入《とつにゅう》する	動	進入
2	4 3	行楽地《こうらくち》	名	觀光地
3	3	大勢《おおぜい》	名	非常多（的人）
4	3	にぎわう	動	熱鬧
5	1・1	空《そら》の 便《びん》	名	飛機航班
6	3	大混雑《だいこんざつ》する	動	擁擠不堪
7	2	お盆《ぼん》	名	盂蘭盆節
8	0	かき入《い》れ時《どき》	名	旺季
9	1	誘致《ゆうち》	名	吸引人來
10	5 3	躍起《やっき》に なる	連	拚命、無不絞盡腦汁
11	1	供養《くよう》する	動	祭拜（通常是祭拜祖先或死者）
12	0	祝日《しゅくじつ》	名	國定假日
13	5	飛石連休《とびいしれんきゅう》	名	不連續的連假
14	0	とびとび	な形	間斷式
15	3	またがる	動	橫跨
16	1	交互《こうご》	名	交替
17	1	崩御《ほうぎょ》する	動	駕崩
18	4	親《した》しまれて きた	連	長時間熟悉
19	4	顧《かえり》みる	動	回顧
20	0	恩恵《おんけい》	名	恩惠
21	3	はぐくむ	動	孕育
22	7	分断《ぶんだん》される	動	被斷成
23	0	有休《ゆうきゅう》	名	特休
24		いつにも増《ま》して～	慣用句	比平常更～
25		声《こえ》をかける	慣用句	搭訕

常用句型

1. どうせなら～ても～た方《ほう》がいい：反正都～，即使～，也還是～比較好

例1　どうせなら給料《きゅうりょう》が減《へ》っても休《やす》みが増《ふ》えた方《ほう》がいい。

即使薪資減少，也還是休假多一點比較好。

例2　どうせなら誕生日《たんじょうび》プレゼントは少《すく》なくても現金《げんきん》をもらった方《ほう》がいい。

反正都要送生日禮物了，就算不多，也還是現金比較好。

2. せっかくの～：得來不易的、難得的

例1　せっかくのカニ料理《りょうり》が食《た》べられなかった。

沒吃到難得的螃蟹料理。

例2　せっかくの旅行《りょこう》が台風《たいふう》で台無《だいな》しだ。

得來不易的旅行，因為颱風而泡湯了。

3. ～も兼《か》ねて：兼具～而～

例1　ダイエットも兼《か》ねて、自転車《じてんしゃ》で通勤《つうきん》する。

騎自行車上班兼減肥。

例2　日本語《にほんご》の練習《れんしゅう》も兼《か》ねて、日本《にほん》へ旅行《りょこう》に行《い》く。

去日本旅遊兼練習日語。

大家討論

1. 「ゴールデンウイーク」とは何《なん》ですか？

　「黃金週」是什麼？

2. 「ゴールデンウイーク」にはどのようなことが起《お》こりますか？

　「黃金週」期間會發生怎麼樣的事？

3. 去年《きょねん》の「ゴールデンウイーク」の特徴《とくちょう》は何《なん》ですか？

　去年「黃金週」的特色是什麼？

4. 台湾《たいわん》にはどんな連休《れんきゅう》がありますか？

　在台灣有怎麼樣的連假？

日本啥東西

祝日《しゅくじつ》（國定假日）

目前國定假日固定有十六天，只有六月跟十二月沒有國定假日。其實日本的國定假日很多都跟天皇有關係：例如「昭和之日」是昭和天皇的生日、「文化節」則是明治天皇的生日，還有「建國紀念日」是第一任天皇神武天皇就位的日期。比較有趣的是，聽說「海之日」是因為有了超過一千萬人的連署，才在國會開始討論的。

元日	1月1日	兒童節	5月5日
成人節	1月第2個星期一	海之日	7月第3個星期一
建國紀念日	2月11日	山之日	8月11日
天皇誕生日	2月23日	敬老節	9月第3個星期一
春分	3月19日～ 3月22日的其中一天	秋分	9月22日～ 9月24日的其中一天
昭和之日	4月29日	運動節	10月第2個星期一
憲法紀念日	5月3日	文化節	11月3日
綠之日	5月4日	勞動節	11月23日

▶目前日本「祝日」共有16天，包含黃金週期間的4天。

05 LINE《らいん》 悪《あく》用《よう》

LINE FRIENDS CAFE & STORE 福岡（已經結束營業）

05 LINE《らいん》悪用《あくよう》

スマートフォンやガラケーなどで、無料《むりょう》でテキストチャット、音声通話《おんせいつうわ》、ビデオ通話《つうわ》ができるコミュニケーションツール「LINE《らいん》」。2011年6月《にせんじゅういちねんろくがつ》にサービスを開始《かいし》して以来《いらい》、着《ちゃく》実《じつ》にその利用者数《りようしゃすう》を伸《の》ばし、2013年11月《にせんじゅうさんねんじゅういちがつ》には世界《せかい》での利用者数《りようしゃすう》が3億人《さんおくにん》を超《こ》えたと発表《はっぴょう》されました。

LINE《らいん》の急成長《きゅうせいちょう》ぶりは目《め》を見張《みは》るものがあり、Facebook《ふぇいすぶっく》やTwitter《ついったー》といったSNS《えすえぬえす》サービスが約5年《やくごねん》の歳月《さいげつ》をかけて1億人《いちおくにん》の利用者《りようしゃ》を獲得《かくとく》したのに対《たい》し、LINE《らいん》は2年《にねん》もかからずにそれを達成《たっせい》しています。LINE《らいん》もFacebook《ふぇいすぶっく》やTwitter《ついったー》と同様《どうよう》にリアルタイムに情報《じょうほう》を発信《はっしん》できますが、最大《さいだい》の違《ちが》いはLINE《らいん》がスマホに登録《とうろく》されたアドレス帳《ちょう》を利用《りよう》してクローズドでつながることができる点《てん》です。Facebook《ふぇいすぶっく》でつながるには、通常《つうじょう》まず友達《ともだち》リクエストという手続《てつづ》きが必要《ひつよう》ですし、Twitter《ついったー》はほぼオープンなつながりです。さらに遊《あそ》び心《ごころ》たっぷりの「スタンプ」という機能《きのう》も利用者拡大《りようしゃかくだい》に一役《ひとやく》買《か》っているようです。

メディアによると、日本《にほん》での月間《げっかん》アクティブユーザー数《すう》もすでに9000万人《きゅうせんまんにん》を越《こ》えています。その利便性《りべんせい》から、プライベートなやりとりだけでなく、ビジネスシーンでも大《おお》いに活用《かつよう》されています。ところがこのLINE《らいん》を悪用《あくよう》した被害《ひがい》があとを絶《た》ちません。中《なか》でも最近問題《さいきんもんだい》になっているのが、なりすましと性犯罪《せいはんざい》です。

なりすましではID《あいでぃー》の乗《の》っ取《と》りで、金銭的《きんせんてき》な被害《ひがい》だけでなく、個人《こじん》の信用《しんよう》が失《うしな》われるといったケースも散見《さんけん》されます。また、気軽《きがる》にID《あいでぃー》が交換《こうかん》できるので、援助交際《えんじょこうさい》の温床《おんしょう》になっていて、性犯罪《せいはんざい》に巻《ま》き込《こ》まれるというケースも増《ふ》えています。

LINE《らいん》のなりすましでは、インターネット上《じょう》で使《つか》う電子《でんし》マネーをコンビニで代《か》わりに買《か》ってくるように頼《たの》み、メールでプリペイド番号《ばんごう》を知《し》らせてもらうという手口《てぐち》の被害《ひがい》が多数報告《たすうほうこく》されています。また、犯罪《はんざい》に利用《りよう》されることも多《おお》く、こうした被害《ひがい》に遭《あ》わないためには、ほかのサービスとパスワードをいっしょにしない、パスワードを推測《すいそく》されやすいものにしないなどの対策《たいさく》が必要《ひつよう》だと、専門家《せんもんか》は呼《よ》びかけています。

▶日本人也常用「LINE」跟親朋好友聯絡。

LINE濫用

以智慧型手機、傳統手機就能使用免費文字聊天、語音通話、視訊通話的通訊軟體LINE，自二○一一年六月起開始提供服務，使用人數逐步增加，截至二○一三年十一月，已知全世界的使用人數已超過三億。

LINE的急遽成長令人瞠目結舌，相對於Facebook、Twitter等社群網路服務，花了五年的時間才達到一億的使用人數，LINE卻只花了不到兩年就達成。LINE和Facebook、Twitter一樣，都是能夠即時收發資訊，但最大的不同是，LINE是連接手機通訊錄，能隱密不公開地聯絡。而要以Facebook聯絡的話，首先通常得要加入好友；Twitter則是幾乎完全地公開。再加上令人玩心大動的「貼圖」功能，這似乎也是讓使用者增加的一大功臣。

根據媒體報導，在日本的月活躍用戶早就超過九千萬人。由於它的方便性，不只是個人聊天，也被廣泛使用在工作場合。但是，陸續出現了濫用LINE的受害者。其中，最近成為問題的是偽裝成他人及性犯罪。所謂的偽裝成他人，是被竊取ID，以致不只金錢損失，也處處可見個人信用受損等案例。另外，因為容易以ID加入好友，所以成為援交的溫床，因而被捲入性犯罪的情形也在增加當中。

LINE的偽裝成他人的手法，則是拜託友人代為在便利商店購買網路上使用的電子商務支付系統，再請友人以訊息（郵件）告知預付卡上的卡號，已有多數受害案件。還有，被利用在犯罪上的情形也很多，為了避免受害，專家呼籲必須擬定對策，像是不要將LINE和其他的網路服務的密碼設為相同，不要設容易被人破解的密碼等等。

關鍵單字

	重音	日文	詞性	中文
1	4	スマートフォン	名	智慧型手機
2	0	ガラケー	名	傳統手機
3	5	テキストチャット	名	文字聊天
4	5	音声通話《おんせいつうわ》	名	語音通話
5	4	ビデオ通話《つうわ》	名	視訊通話
6	0	着実《ちゃくじつ》	な形	踏實的
7	7	SNS《えすえぬえす》サービス	名	社群網路服務
8	4	リアルタイム	名	即時
9	2	クローズド	な形	不公開的
10	7	友達《ともだち》リクエスト	名	加朋友
11	1	オープン	な形	公開的
12	4	遊《あそ》び心《ごころ》	名	玩心
13	2	スタンプ	名	貼圖
14	11	月間《げっかん》アクティブユーザー数《すう》	名	月活躍用戶數
15	4 2	プライベート	名	個人、私人
16	2	やりとり	名	交談
17	5	ビジネスシーン	名	工作場合
18	0	悪用《あくよう》する	動	用來做壞事
19	0	なりすまし	名	偽裝成別人
20	0	乗《の》っ取《と》り	名	奪取、侵占
21	0	散見《さんけん》される	動	處處可見
22	4	援助交際《えんじょこうさい》	名	援交
23	0	温床《おんしょう》	名	溫床
24	6	プリペイド番号《ばんごう》	名	預付卡上的卡號
25	3	パスワード	名	密碼

常用句型

1. 目《め》を見張《みは》るものがある：令人瞠目結舌

例 1　彼《かれ》の日本語《にほんご》の上達《じょうたつ》には目《め》を見張《みは》るものがある。

他日文能力的進步令人瞠目結舌。

例 2　最近《さいきん》の医療技術《いりょうぎじゅつ》の進歩《しんぽ》には目《め》を見張《みは》るものがある。

最近醫療技術的進步令人瞠目結舌。

2. ～に一役買《ひとやくか》う：讓～的一大功臣、對～有大幫助

例 1　新《あたら》しくできた美術館《びじゅつかん》はここの活性化《かっせいか》に一役買《ひとやくか》っている。

新開幕的美術館是讓這裡活化的一大功臣。

例 2　Web《うぇぶ》会議《かいぎ》はテレワーク推進《すいしん》に一役買《ひとやくか》っている。

視訊會議對推動異地辦公有大幫助。

3. あとを絶《た》たない：陸續出現、接二連三（常用於負面的事）

例 1　詐欺事件《さぎじけん》があとを絶《た》たない。

詐騙案接二連三。

例 2　外国人《がいこくじん》の不法就労《ふほうしゅうろう》があとを絶《た》たない。

陸續出現外國人的非法就業。

大家討論

1. 「LINE《らいん》」とは何《なん》ですか？

「LINE」是什麼？

2. どうして「LINE《らいん》」のユーザー数《すう》が増《ふ》えていると思《おも》いますか？

您認為為什麼「LINE」的用戶會增加？

3. 「LINE《らいん》」の問題点《もんだいてん》は何《なん》だと思《おも》いますか？

您認為「LINE」的問題在哪裡？

4. 台湾《たいわん》で「LINE《らいん》」はどのように利用《りよう》されていますか？

在台灣大家都怎麼利用「LINE」？

ガラケー（傳統手機）

「ガラパゴスケータイ」的通稱，指翻蓋摺疊型、滑蓋型等日本的傳統手機。因為日本傳統手機有「おサイフケータイ（行動支付）」、「ワンセグ（one segment；手機數位電視服務）」等各種獨特功能，2G時代也未採用多數國家使用的GSM規格，而是日本獨有的PDC規格，走自己的路線，因此有人把日本手機比喻成擁有獨一無二自然環境的「ガラパゴス諸島（Galápagos Islands；加拉巴哥群島）」。

▶現在比較少見的「ガラケー」，有的可以看影片。

06 「大《おお》阪《さか》都《と》構《こう》想《そう》」住《じゅう》民《みん》投《とう》票《ひょう》

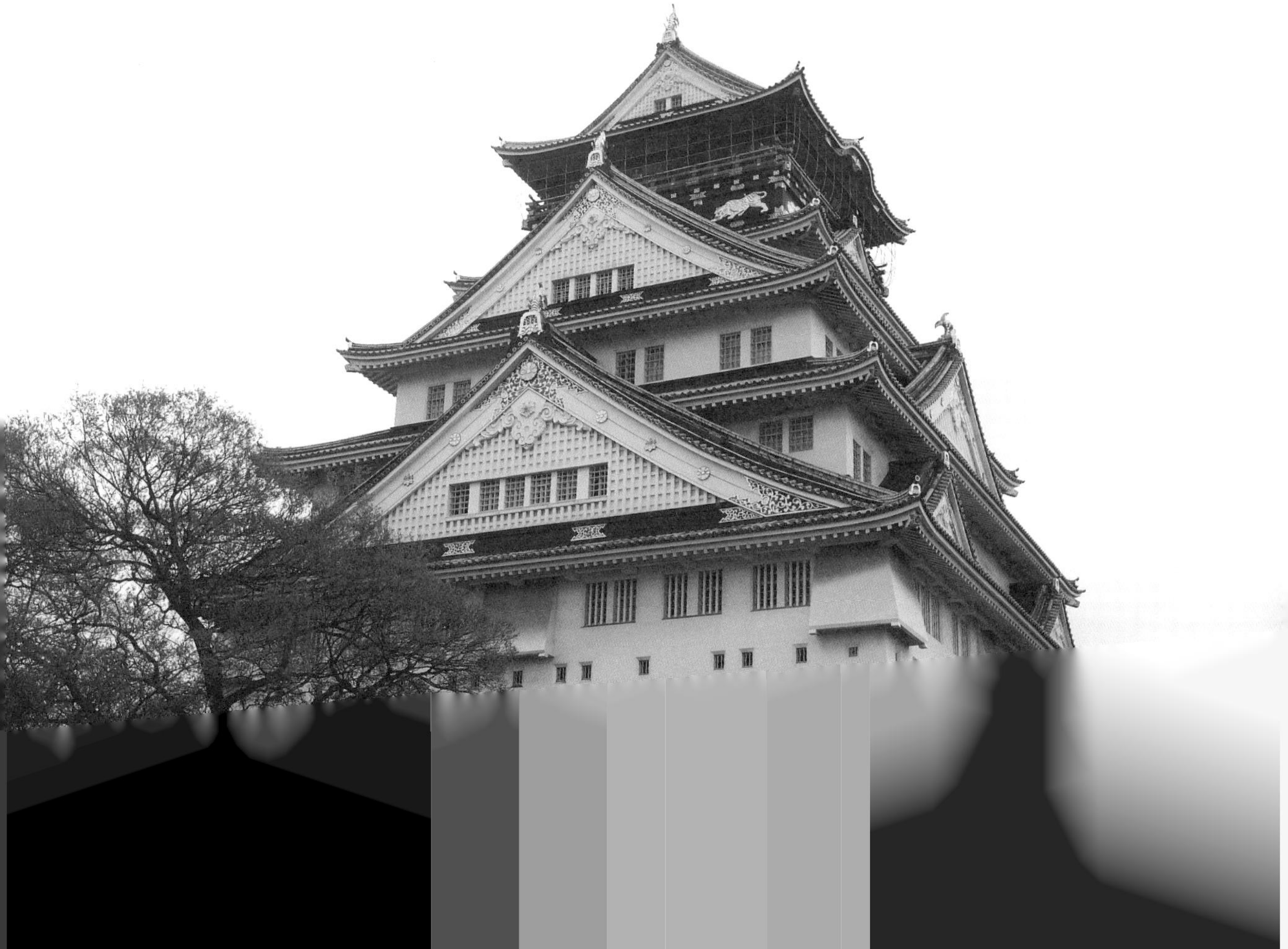

06 「大阪都構想《おおさかとこうそう》」住民投票《じゅうみんとうひょう》

大阪府《おおさかふ》知事《ちじ》時代《じだい》から「大阪都構想《おおさかとこうそう》」を掲《かか》げていた橋下《はしもと》元《もと》大阪市長《おおさかしちょう》。大阪市《おおさかし》と大阪府《おおさかふ》の二重行《にじゅうぎょう》政《せい》のムダを解消《かいしょう》するために、政令指定都市《せいれいしていとし》の大阪市《おおさかし》と堺市《さかいし》を廃止《はいし》して大阪府《おおさかふ》に統合《とうごう》させて、「大阪都《おおさかと》」を誕生《たんじょう》させ、東京都《とうきょうと》のように大阪都《おおさかと》内《ない》に特別区《とくべつく》を設《もう》けるというものです。大阪市民《おおさかしみん》と大阪府民《おおさかふみん》の「大阪都構想《おおさかとこうそう》」に対《たい》する関心《かんしん》は高《たか》く、賛成派《さんせいは》と反対派《はんたいは》の接戦《せっせん》の中《なか》、その住民投票《じゅうみんとうひょう》が2015年5月17日《にせんじゅうごねんごがつじゅうしちにち》に行《おこな》われました。投票《とうひょう》率《りつ》は66・83%《ろくじゅうろくてんはちさん》と住民投票《じゅうみんとうひょう》としては異例《いれい》の高《たか》さで、結果《けっか》は0・8《れいてんはち》ポイントという僅差《きんさ》で反対《はんたい》が賛成《さんせい》を上回《うわまわ》り、「大阪都構想《おおさかとこうそう》」は白紙《はくし》に戻《もど》りました。

橋下氏《はしもとし》はもともと各《かく》テレビ局《きょく》からひっぱりだこだったタレント弁護士《べんごし》で、その人気《にんき》にあやかろうとした自民党《じみんとう》に担《かつ》ぎ出《だ》されて2008年《にせんはちねん》の大阪府知事選《おおさかふちじせん》に民主党《みんしゅとう》の対抗馬《たいこうば》として出馬《しゅつば》し、見事当選《みごととうせん》しました。府知事《ふちじ》に就任《しゅうにん》すると、橋下《はしもと》氏《し》は府政《ふせい》の改革《かいかく》に着手《ちゃくしゅ》し、税金《ぜいきん》のムダをなくそうとして大阪府民《おおさかふみん》の支持《しじ》を集《あつ》めましたが、一方《いっぽう》でただのパフォーマンス行政《ぎょうせい》だと批判《ひはん》されていました。また、大阪市議《おおさかしぎ》、大阪府議《おおさかふぎ》を中心《ちゅうしん》とした任意団体《にんいだんたい》「大阪維新《おおさかいしん》の会《かい》」を作《つく》り、その代表《だいひょう》にも就任《しゅうにん》しました。後《のち》にこの団体《だんたい》は地域政党《ちいきせいとう》として登録《とうろく》され、地域政党《ちいきせいとう》ブームを巻《ま》き起《お》こしました。

ちょうどそのころに出《で》て来《き》たのが「大阪都構想《おおさかとこうそう》」で、2011年《にせんじゅういちねん》の統一地方選挙《とういつちほうせんきょ》では、大阪《おおさか》維新《いしん》の会《かい》は大《おお》いに躍進《やくしん》し、大阪府議会《おおさかふぎかい》では過半数《かはんすう》の議席《ぎせき》を獲得《かくとく》し、大阪市議会《おおさかしぎかい》でも第一党《だいいっとう》になりました。しかし当時《とうじ》の平松《ひらまつ》大阪市長《おおさかしちょう》が大阪都構想《おおさかとこうそう》に反対的《はんたいてき》な立場《たちば》を取《と》っていたため、橋下氏《はしもとし》は10月31日付《じゅうがつさんじゅういちにちづ》けで大阪府知事《おおさかふちじ》を辞任《じにん》し、自《みずか》らが異例《いれい》の「格下《かくさ》げ候補《こうほ》」として大阪市長選《おおさかしちょうせん》に出馬《しゅつば》することを表明《ひょうめい》。府知事《ふちじ》の辞任《じにん》により、大阪市長選《おおさかしちょうせん》と大阪府知事選《おおさかふちじせん》が同時《どうじ》に行《おこな》われる「ダブル選挙《せんきょ》」となり、橋下氏《はしもとし》とその後釜《あとがま》の松井氏《まついし》がそれぞれ市長《しちょう》と府知事《ふちじ》に当選《とうせん》しました。

この2015年《にせんじゅうごねん》の住民投票《じゅうみんとうひょう》では、共産党《きょうさんとう》の議員《ぎいん》が自民党《じみんとう》の宣伝《せんでん》カーで演説《えんぜつ》するという異例《いれい》の光景《こうけい》も見受《みう》けられました。ムダの解消《かいしょう》を掲《かか》げた大阪都構想《おおさかとこうそう》は、福祉《ふくし》の切《き》り捨《す》てなどの弱者切《じゃくしゃき》りにつながると、普段《ふだん》は犬猿《けんえん》の仲《なか》の自民党《じみんとう》と共産党《きょうさんとう》が手《て》を組《く》んで「大阪都構想反対《おおさかとこうそうはんたい》」のネガティブキャンペーンを展開《てんかい》しました。また、議員選挙《ぎいんせんきょ》や市長選挙《しちょうせんきょ》と違《ちが》って、投票日当日《とうひょうびとうじつ》の選挙運動《せんきょうんどう》も認《みと》められていたため、賛成派《さんせいは》と反対派《はんたいは》の街頭《がいとう》演説《えんぜつ》が投票日《とうひょうび》にも街角《まちかど》に響《ひび》き渡《わた》るという珍《めずら》しい光景《こうけい》も見受《みう》けられました。

▶大阪道頓堀的象徵性街頭廣告。

「大阪都構想」住民投票

前橋下大阪市長從大阪府知事時代開始，就高呼「大阪都構想」。這是為了消除大阪市和大阪府衍生的雙重行政問題，將政令指定都市的大阪市和堺市廢除，與大阪府整合後，促成「大阪都」的誕生，比照東京都的模式，在大阪都內設特別區的計畫。大阪市民及大阪府民對於「大阪都構想」具高度關心，在贊成、反對兩派的對抗中，二〇一五年五月十七日舉行了住民投票。投票率百分之六十六點八三，以住民投票而言，可說是幾乎前所未有的高投票率；結果是反對派以僅僅百分之零點八的差距高於贊成派，「大阪都構想」就此成為泡影。

橋下原本為各電視台間炙手可熱的通告律師，自民黨打算利用他的人氣，因此推舉橋下以對抗民主黨之姿參選二〇〇八年的大阪府知事選舉，而他也不負眾望，順利當選。就任後，橋下馬上著手進行府政改革，減少稅金的浪費，受到廣大的大阪府民支持，但另一方面也成了被批評是在作秀的對象。此外，橋下成立了以大阪市議會以及大阪府議會為中心的團體「大阪維新之會」，並就任成為代表。之後該團體登錄為地方政黨，使地方政黨成為一股風潮。

「大阪都構想」就是出現在那個時期；二〇一一年的統一地方選舉中，大阪維新之會大躍進地在大阪府議會中獲得過半數的席次，也成為了大阪市議會中的第一大黨。但當時的平松大阪市長對大阪都構想持反對立場，因此橋下在十月三十一日辭去了大阪府知事，主動表明將出馬參選大阪市長選舉，這是少有的「降級參選」。由於大阪府知事辭去職務，故同時舉行了大阪市長選舉及大阪府知事選舉這樣的「雙重選舉」，隨即由橋下以及府知事接班人松井分別當選為市長及府知事。

在二〇一五年的住民投票中，看到了共產黨議員登上自民黨的宣傳車進行演說的不可思議光景。高喊解決浪費問題的大阪都構想，牽連到弱勢團體的切割問題，於是平常水火不容的自民黨與共產黨聯手展開了反對運動。另外，跟議員選舉或市長選舉也有所不同，投票日當天是能夠進行造勢、拉票活動的，因此也很稀奇地看到贊成、反對兩派於投票日進行傳遍街頭巷尾的街頭演說。

▶JR大阪車站往來的人很多。

▶大阪道頓堀的螃蟹大看板。

▶作者在大阪城拍紀念照。

關鍵單字

	重音	日文	詞性	中文
1	1	知事《ちじ》	名	（縣長級的）地方首長
2	4	二重行政《にじゅうぎょうせい》	名	雙重行政
3	0	統合《とうごう》させる	動	使整合
4	0	接戦《せっせん》	名	（兩派）對抗
5	0	異例《いれい》	名	幾乎前所未有
6	0	僅差《きんさ》	名	微小的差異
7	4 0	上回《うわまわ》る	動	超越、高於
8	0 1	タレント	名	藝人
9	3	あやかる	動	利用（別人的優點）
10	6	担《かつ》ぎ出《だ》される	動	被推舉
11	3	対抗馬《たいこうば》	名	對手
12	0	出馬《しゅつば》する	動	參選
13	1	見事《みごと》	副	順利
14	2	パフォーマンス	名	做秀、表演
15	0	躍進《やくしん》する	動	躍進
16	0	辞任《じにん》する	動	辭去
17	0	格下《かくさ》げ	名	降級
18	0 4	後釜《あとがま》	名	接班人
19	3 5	宣伝《せんでん》カー	名	宣傳車
20	0	見受《みう》けられる	動	看到
21	0 3	掲《かか》げる	動	高喊
22	0	切《き》り捨《す》て	名	切割
23		犬猿《けんえん》の仲《なか》	慣用句	水火不容
24		手《て》を組《く》む	慣用句	聯手、合作
25	7	ネガティブキャンペーン	名	反對運動

常用句型

1. 白紙《はくし》に戻《もど》る（自動詞）、白紙《はくし》に戻《もど》す（他動詞）：成為泡影、撤銷

例 1　駅前《えきまえ》の開発計画《かいはつけいかく》は白紙《はくし》に戻《もど》った。

站前開發案成為泡影。

例 2　市長《しちょう》は駅前《えきまえ》の開発計画《かいはつけいかく》を白紙《はくし》に戻《もど》した。

市長撤銷了站前開發案。

2. ひっぱりだこ：受歡迎而邀約不斷

例 1　あの作家《さっか》は賞《しょう》を受賞《じゅしょう》してひっぱりだこだ。

那位作家得獎後，各方的邀約不斷。

例 2　あのユーチューバーは人気《にんき》が出《で》てきてテレビにひっぱりだこだ。

那位 YouTuber 走紅後，電視台的邀約不斷。

3. ブームを巻《ま》き起《お》こす：成為一股風潮

例 1　ご当地《とうち》ラーメンブームを巻《ま》き起《お》こした。

當地拉麵成為一股風潮。

例 2　日本《にほん》で台湾《たいわん》ブームを巻《ま》き起《お》こした。

台灣的事物在日本成為一股風潮。

大家討論

1. 「住民投票《じゅうみんとうひょう》」とは何《なん》ですか？

   「住民投票」是什麼？

2. 「大阪《おおさか》都《と》構想《こうそう》」とは何《なん》ですか？

   「大阪都構想」是什麼？

3. どうして大阪《おおさか》市《し》民《みん》と大阪《おおさか》府《ふ》民《みん》は反対票《はんたいひょう》を投《とう》じたと思《おも》いますか？

   您認為為什麼大阪市民跟大阪府民投了反對票？

4. 台湾《たいわん》にもこうした行政改革《ぎょうせいかいかく》がありますか？

   台灣也有這樣的行政改革嗎？

日本啥東西

政令指定都市《せいれいしていとし》（政令指定都市）

日本的「政令指定都市《せいれいしていとし》」就是政府指定的特別市，其條件是人口五十萬人以上的城市，行政上有部分「都道府縣」政府級的權限，有一點類似台灣早期的省轄市，但還是隸屬於各「都道府縣」，如橫濱市隸屬於神奈川縣。目前有札幌市、大阪市、堺市、京都市、橫濱市、川崎市、相模原市、名古屋市、埼玉市、千葉市、神戶市、福岡市、北九州市、靜岡市、濱松市、廣島市、新潟市、仙台市、岡山市、熊本市等二十個「政令指定都市」。

▶政令指定都市之一的「福岡市」之市政府大樓。

07 ゆるキャラと年《ねん》賀《が》状《じょう》

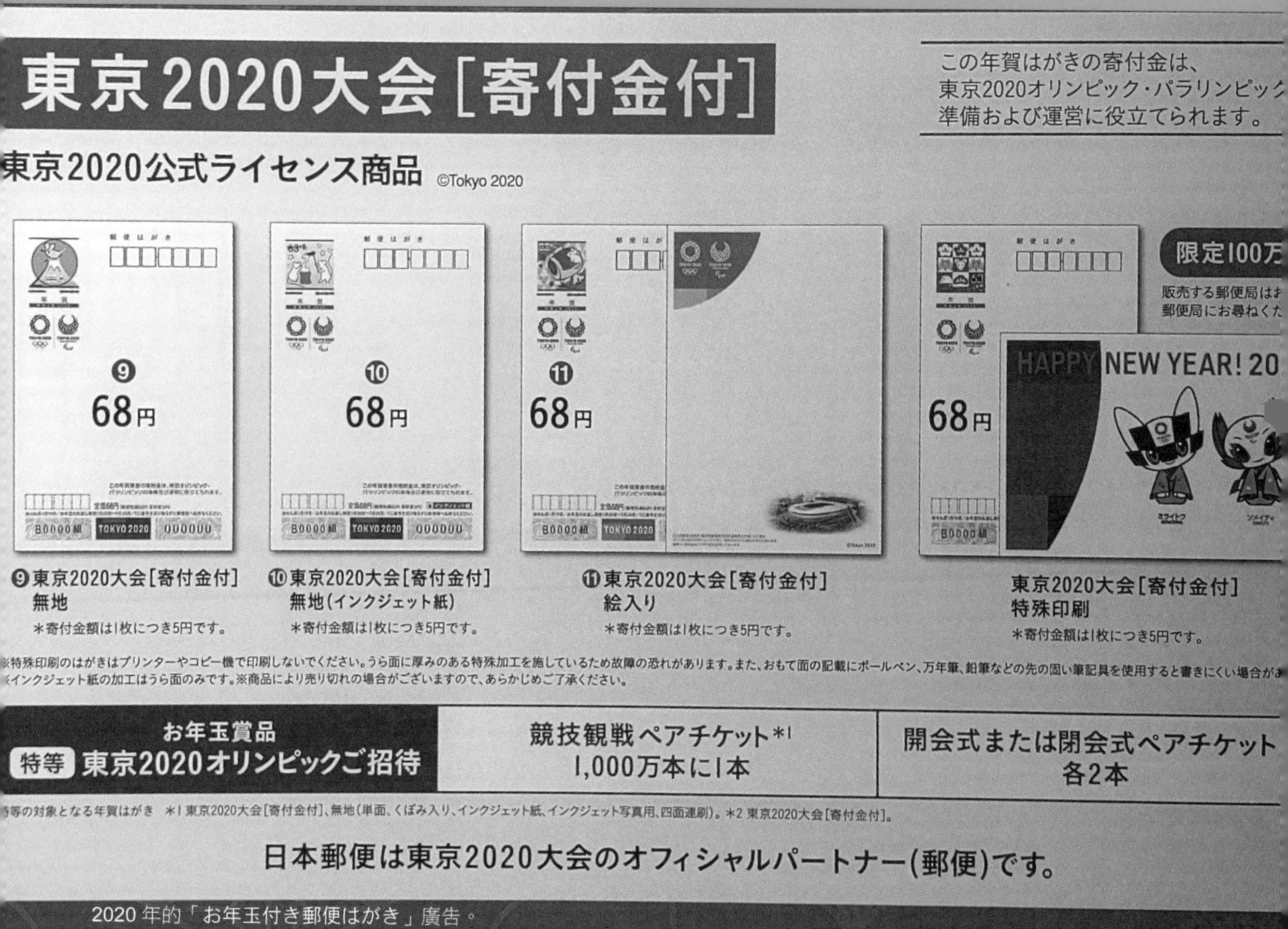

2020 年的「お年玉付き郵便はがき」廣告。

07 ゆるキャラと年賀状《ねんがじょう》

正月《しょうがつ》といえば初詣《はつもうで》、書《か》き初《ぞ》め、初売《はつう》りなどいろいろな行事《ぎょうじ》がありますが、年賀状《ねんがじょう》も忘《わす》れてはならないアイテムのひとつです。毎年《まいとし》11月《じゅういちがつ》から郵便局《ゆうびんきょく》が販売《はんばい》している年賀《ねんが》はがきにはくじが付《つ》いていて「お年玉《としだま》付《つ》き郵便《ゆうびん》はがき」とも呼《よ》ばれています。この年賀《ねんが》はがきが初《はじ》めて発売《はつばい》されたのは、戦後間《せんごま》もない昭和24年《しょうわにじゅうよねん》（1949《せんきゅうひゃくよんじゅうきゅう》年《ねん》）のこと。昭和25年用《しょうわにじゅうごねんよう》の年賀《ねんが》はがきで、当時《とうじ》の販売価格《はんばいかかく》は2円《にえん》でした。そしてこの年賀《ねんが》はがきを使《つか》って、お世話《せわ》になった人《ひと》に新年《しんねん》のあいさつをするために年賀状《ねんがじょう》を送《おく》るのが定着《ていちゃく》し、現在《げんざい》では年賀状作成《ねんがじょうさくせい》ソフトなどを使《つか》ってオリジナルの年賀状《ねんがじょう》を作《つく》る人《ひと》もいます。

最近《さいきん》はインターネットやLINE《らいん》で新年《しんねん》のあいさつをすませる人《ひと》が増《ふ》えているため、その販売枚数《はんばいまいすう》も年々減少《ねんねんげんしょう》しているそうですが、近年《きんねん》注目《ちゅうもく》を集《あつ》めているのが、日本各地《にほんかくち》の「ゆるキャラ」宛《あて》に出《だ》す年賀状《ねんがじょう》です。ゆるキャラは地域活性《ちいきかっせい》の一環《いっかん》として、日本各地《にほんかくち》で誕生《たんじょう》したものです。十数年前《じゅうすうねんまえ》ぐらいからその数《かず》は雨後《うご》の筍《たけのこ》のように爆発的《ばくはってき》に増《ふ》え、今《いま》や優《ゆう》に1000《せん》を超《こ》えています。ゆるキャラ宛《あて》の年賀状《ねんがじょう》はその人気度《にんきど》と比例《ひれい》しているようで、数千枚《すうせんまい》も受《う》け取《と》るゆるキャラもいれば、数枚《すうまい》しかもらえないゆるキャラもいます。

ゆるキャラに年賀状《ねんがじょう》を出《だ》すと、そのゆるキャラ直筆《じきひつ》の返事《へんじ》の年賀状《ねんがじょう》がもらえることが多《おお》く、それも人気《にんき》の秘訣《ひけつ》になっているようです。返事《へんじ》にはゆるキャラのグッズがプレゼントされることもあり、人気《にんき》に拍車《はくしゃ》がかかっているようです。また、日本各地《にほんかくち》のゆるキャラ数百体《すうひゃくたい》が一堂《いちどう》に集《あつ》まる年《ねん》に一度《いちど》のゆるキャラの祭典《さいてん》「ゆるキャラグランプリ」（すでに開催終了《かいさいしゅうりょう》）でグランプリに輝《かがや》くと、地域限定《ちいきげんてい》だった知名度《ちめいど》が全国区《ぜんこくく》になり、人気《にんき》に拍車《はくしゃ》がかかるようです。２０２０年《にせんにじゅうねん》の最後《さいご》の開催《かいさい》でグランプリを獲得《かくとく》した東北《とうほく》の岩手県陸前高田市《いわてけんりくぜんたかたし》の「たかたのゆめちゃん」には、翌年多数《よくとしたすう》の年賀状《ねんがじょう》が届《とど》いたそうです。

地域《ちいき》の活性化《かっせいか》を目的《もくてき》としたものにはゆるキャラのほか「ご当地戦隊《とうちせんたい》」もあります。これは昭和《しょうわ》から続《つづ》く子《こ》ども向《む》け番組《ばんぐみ》、スーパー戦隊《せんたい》シリーズをモチーフにしたもので、「ローカルヒーロー」とも呼《よ》ばれています。「戦隊《せんたい》」は商標登録《しょうひょうとうろく》されているため、本家《ほんけ》の東映《とうえい》が不適切《ふてきせつ》と判断《はんだん》した場合《ばあい》は抗議《こうぎ》されることもあるそうです。いずれにしても「ゆるキャラ」も「ローカルヒーロー」も地域活性化《ちいきかっせいか》に一役買《ひとやくか》っていることは間違《まちが》いないようです。

▶郵局宣傳「年賀はがき」的海報。

在地吉祥物與賀年卡

提到過年，就會聯想到正月第一次到廟裡拜拜、迎春揮毫、開市等相關活動，但賀年卡也是不可遺漏的項目之一。每年從十一月起郵局就開始販售附有抽獎號碼的賀年明信片，又被稱為「賀年抽獎明信片」。這種賀年明信片是在戰爭剛結束的昭和二十四年（一九四九年）首次發售，昭和二十五年使用的賀年明信片，在當時的售價是兩日圓。然後，使用這種賀年卡拜年，寄給以往照顧自己的人表達謝意，漸漸地成了習慣；現在也有人利用賀年卡專用軟體來製作具個人風格的賀年卡。

但因近年來利用網路或LINE拜年的人增加，據說賀年卡的銷售量年年減少；而最近受到大家矚目的，是寄給各地「在地吉祥物」的賀年卡。在地吉祥物以扮演活化地區的角色，在日本各地誕生。大概十幾年前開始，其數量如雨後春筍般地暴增，現在已遠遠超過一千個。寄給在地吉祥物的賀年卡張數似乎和人氣成正比；有些吉祥物收到好幾千張，有些卻只收到幾張而已。

寄賀年卡給在地吉祥物的話，很有可能收到吉祥物本尊親筆回覆的賀年卡，想必這也是博得人氣的祕訣之一。回覆賀年卡的同時，有時還附送吉祥物的周邊商品，似乎更是大受歡迎。除此之外，要是在一年一次的吉祥物祭典，日本各地數百個吉祥物齊聚一堂的「在地吉祥物排行榜」（已經停止舉辦）中得到冠軍的話，原本只是地區性的知名度，將一舉擴大到全國，人氣大大提升。在二〇二〇年最後一次舉辦獲得冠軍的，是東北岩手縣陸前高田市的「高田夢醬」，聽說隔年收到了不少賀年卡。

除了吉祥物之外，以活化地區為目的的還有「在地戰隊」。這是從昭和時期就開始以小孩子為受眾的節目，主題是超級戰隊系列，又被稱為「在地英雄」。因為「戰隊」已被註冊為商標，據說要是有身為本家的東映公司認為不恰當的情形，便會遭到抗議。不論是「在地吉祥物」或「在地英雄」，絕對都是扮演著活化地區的重要角色。

關鍵單字

	重音	日文	詞性	中文
1	3 0	年賀状《ねんがじょう》	名	賀年卡
2	3	初詣《はつもうで》	名	年初到寺廟或神社參拜
3	0	書《か》き初《ぞ》め	名	迎春揮毫
4	0	初売《はつう》り	名	開市
5	1	アイテム	名	項目
6	1	くじ	名	抽獎號碼、彩券、籤
7	1	ソフト	名	軟體
8	2	オリジナル	名	原創
9	5	インターネット	名	網路
10	3	すませる	動	做完、完成
11	0	宛《あて》	名	寄給～
12	0	活性《かっせい》、活性化《かっせいか》	名	活化
13	0 3	一環《いっかん》	名	相關項目
14		雨後《うご》の筍《たけのこ》	ことわざ	雨後春筍
15	0	爆発的《ばくはつてき》	な形	突然的（變多）
16	1	グッズ	名	周邊商品
17		一堂《いちどう》に集《あつ》まる	慣用句	齊聚一堂
18	0	祭典《さいてん》	名	祭典
19	3	全国区《ぜんこくく》	名	（知名度）擴大到全國
20	5	ご当地戦隊《とうちせんたい》	名	在地戰隊
21	5	スーパー戦隊《せんたい》	名	超級戰隊（電視節目）
22	2	モチーフ	名	（創作的）主題、發想
23	5	ローカルヒーロー	名	在地英雄
24	5	商標登録《しょうひょうとうろく》	名	註冊商標
25	1	本家《ほんけ》	名	本家、正宗

常用句型

1. ～が定着《ていちゃく》する：～成了習慣

例1 江戸時代《えどじだい》に花見《はなみ》が定着《ていちゃく》した。

賞花是在江戶時代成了習慣的。

例2 台湾《たいわん》では中秋節《ちゅうしゅうせつ》にバーベキューをするのが定着《ていちゃく》している。

在台灣中秋節時烤肉已經成了習慣。

2. 優《ゆう》に～を超《こ》える：遠遠超過～

例1 去年《きょねん》日本《にほん》を訪《おとず》れた台湾人《たいわんじん》の数《かず》は優《ゆう》に４００万人《よんひゃくまんにん》を超《こ》えている。

去年訪問日本的台灣人遠遠超過四百萬人次。

例2 台北市《たいぺいし》の人口《じんこう》は優《ゆう》に200万人《にひゃくまんにん》を超《こ》えている。

台北市的人口遠遠超過兩百萬人。

3. ～に拍車《はくしゃ》がかかる：更加速～、更是大～

例1 現段階《げんだんかい》での増税《ぞうぜい》は景気後退《けいきこうたい》に拍車《はくしゃ》がかかることになりかねない。

現在增稅可能造成讓經濟更加速衰退。

例2 教育費《きょういくひ》の負担増《ふたんぞう》などが原因《げんいん》で少子化《しょうしか》に拍車《はくしゃ》がかかっている。

由於教育費用負擔沉重等因素，更加劇了少子化。

大家討論

1. 「ゆるキャラ」とは何《なん》ですか？

   「在地吉祥物」是什麼？

2. どうして「ゆるキャラ」宛《あて》の年賀状《ねんがじょう》が増《ふ》えていると思《おも》いますか？

   您認為為什麼「在地吉祥物」收到的賀年卡有增加的傾向？

3. どうして日本人《にほんじん》は年賀状《ねんがじょう》を出《だ》すと思《おも》いますか？

   您認為為什麼日本人會寄賀年卡？

4. 台湾《たいわん》にも年賀状《ねんがじょう》を出《だ》す習慣《しゅうかん》がありますか？

   在台灣有沒有寄賀年卡的習俗？

日本啥東西

ゆるキャラ（在地吉祥物）

以扮演活化地區角色的「在地吉祥物」，據說其起源是一九八〇年代在日本各地舉辦的在地博覽會。現在日本各地的在地吉祥物已遠遠超過一千個，其中熊本縣的「くまモン（通稱「熊本熊」，官方中文為「酷MA萌」）」相當受歡迎，但當然也有連當地人都不太會知道的冷門在地吉祥物。

▶作者與小倉城吉祥物「とらっちゃ」合照。

08 火《か》山《ざん》噴《ふん》火《か》

常常冒煙的「桜島」隸屬於霧島錦江灣國立公園。

08 火《か》山《ざん》噴《ふん》火《か》

広《こう》大《だい》な照《しょう》葉《よう》樹《じゅ》林《りん》が広《ひろ》がる自《し》然《ぜん》豊《ゆた》かな南《みなみ》の島《しま》「口永良部島《くちのえらぶじま》」。九《きゅう》州《しゅう》南《なん》端《たん》の鹿《か》児《ご》島《しま》県《けん》に属《ぞく》する人《じん》口《こう》百《ひゃく》数《すう》十《じゅう》人《にん》の小《ちい》さな島《しま》ですが、温《おん》泉《せん》やキャンプ場《じょう》もあり、知《し》る人《ひと》ぞ知《し》る観《かん》光《こう》スポットにもなっています。その口永良部島《くちのえらぶじま》の新《しん》岳《だけ》が2015年《にせんじゅうごねん》5月《ごがつ》に再《ふたた》び噴《ふん》火《か》し、噴《ふん》火《か》警《けい》戒《かい》レベルが5《ご》に引《ひ》き上《あ》げられ、全《ぜん》島《とう》が立《た》ち入《い》り禁《きん》止《し》になったため、全《ぜん》島《とう》民《みん》が12《じゅうに》キロほど離《はな》れた屋《や》久《く》島《しま》への避《ひ》難《なん》を余《よ》儀《ぎ》なくされました。一《いっ》昨《さく》年《ねん》（2021年《にせんにじゅういちねん》）7《しち》月《がつ》には噴《ふん》火《か》警《けい》戒《かい》レベルが3《さん》から2《に》に引《ひ》き下《さ》げられ、火《か》口《こう》周《しゅう》辺《へん》に引《ひ》き続《つづ》き規《き》制《せい》がかかっていましたが、昨《さく》年《ねん》（2022年《にせんにじゅうにねん》）9月《くがつ》には噴《ふん》火《か》警《けい》戒《かい》レベルが「活《かっ》火《か》山《ざん》であることに留《りゅう》意《い》する」1《いち》になりました。

日《に》本《ほん》は台《たい》湾《わん》と同《おな》じく「環《かん》太《たい》平《へい》洋《よう》火《か》山《ざん》帯《たい》」に属《ぞく》し、気《き》象《しょう》庁《ちょう》の最《さい》新《しん》のデータによると、現《げん》在《ざい》約《やく》100《ひゃく》座《ざ》の活《かっ》火《か》山《ざん》があり、鹿《か》児《ご》島《しま》県《けん》の桜《さくら》島《じま》や熊《くま》本《もと》県《けん》の阿《あ》蘇《そ》山《さん》中《なか》岳《だけ》のように年《ねん》中《じゅう》噴《ふん》火《か》している火《か》山《ざん》もあります。2014年《にせんじゅうよねん》9月《くがつ》に長《なが》野《の》県《けん》と岐《ぎ》阜《ふ》県《けん》の県《けん》境《ざかい》にある「御《おん》嶽《たけ》山《さん》」が噴《ふん》火《か》し、死《し》傷《しょう》者《しゃ》を出《だ》した惨《さん》事《じ》は記《き》憶《おく》に新《あたら》しいでしょう。また、1991年《せんきゅうひゃくきゅうじゅういちねん》6月《ろくがつ》には「雲《うん》仙《ぜん》・普《ふ》賢《げん》岳《だけ》」の噴《ふん》火《か》による大《だい》火《か》砕《さい》流《りゅう》で43人《よんじゅうさんにん》の尊《とうと》い命《いのち》が失《うしな》われました。

こうした火《か》山《ざん》活《かつ》動《どう》の状《じょう》況《きょう》に応《おう》じて「警《けい》戒《かい》が必《ひつ》要《よう》な範《はん》囲《い》」などを区《く》分《ぶん》する指《し》標《ひょう》「噴《ふん》火《か》警《けい》戒《かい》レベ

ル」が導入《どうにゅう》されています。入山《にゅうざん》規制《きせい》がかかっている桜島《さくらじま》は「噴火警戒《ふんかけいかい》レベル3《さん》」に、火口周辺《かこうしゅうへん》への立《た》ち入《い》りが規制《きせい》されている阿蘇山《あそさん》は「噴火《ふんか》警戒《けいかい》レベル2《に》」になっています。阿蘇山《あそさん》ロープウェーは2016年《にせんじゅうろくねん》の熊本地震《くまもとじしん》や大規模噴火《だいきぼふんか》の被害《ひがい》を受《う》け、運行《うんこう》の再開《さいかい》を断念《だんねん》し解体《かいたい》され、再建《さいけん》が計画《けいかく》されていましたが、残念《ざんねん》ながら、火山《かざん》活動《かつどう》の長期化《ちょうきか》の影響《えいきょう》で、再建《さいけん》が白紙《はくし》に戻《もど》されました。

実《じつ》は富士山《ふじさん》も活火山《かっかざん》で「噴火警戒《ふんかけいかい》レベル1《いち》」になっています。江戸時代《えどじだい》に噴火《ふんか》したとの記録《きろく》があり、江戸《えど》の町《まち》（現在《げんざい》の東京《とうきょう》）に大量《たいりょう》の火山灰《かざんばい》が降《ふ》ったそうです。もし今《いま》、噴火《ふんか》したら、火山灰《かざんばい》により首都機能《しゅときのう》が麻痺《まひ》し、1万人《いちまんにん》以上《いじょう》の死傷者《ししょうしゃ》が出《で》るとのシミュレーションもあります。

現在《げんざい》、常《つね》に火山《かざん》が噴火《ふんか》している桜島《さくらじま》の小学生《しょうがくせい》は、登下校時《とうげこうじ》に白《しろ》いヘルメットをかぶっています。万一《まんいち》に備《そな》えて、地震対策《じしんたいさく》だけでなく、火山《かざん》噴火対策《ふんかたいさく》も必要《ひつよう》なようです。

▶位於鹿兒島的「**桜島**」常有冒煙的情況。

火山爆發

擁有廣大常綠闊葉林、大自然豐富的南方小島「口永良部島」，隸屬於九州南端的鹿兒島縣，雖然是個僅有一百多人的小島，但不只有溫泉、露營場，更是個內行人才知道的觀光景點。口永良部島的新岳於二〇一五年五月再度爆發，爆發警戒提高到了五級，全島成為禁止進入狀態，因此所有島民們不得不前往相距十二公里遠的屋久島避難。前年（二〇二一年）七月爆發警戒從三級降到二級後，火山口周邊還是繼續有管制，但去年（二〇二二年）九月爆發警戒降到「要留意是活火山」的一級。

日本和台灣一樣屬於「環太平洋火山帶」，根據氣象廳的最新資料，現在有約一百座的活火山，其中也有像鹿兒島縣的櫻島、熊本縣的阿蘇山中岳一樣隨時會爆發的火山。二〇一四年九月，位於長野縣和岐阜縣交界處的「御嶽山」爆發，造成人員傷亡的慘事應該還記憶猶新。除此之外，一九九一年六月，位於雲仙的普賢岳爆發，伴隨而來的火山碎屑流奪走了四十三條寶貴的性命。

因此，導入了「需警戒範圍」等「爆發警戒分級」的區分指標，來應付這種火山活動狀況。有入山管制的櫻島為「爆發警戒三級」，管制進入火山口周邊的阿蘇山則為「爆發警戒二級」。而阿蘇山纜車受二〇一六年的熊本地震及大規模火山爆發影響受損，原本打算放棄營運先拆掉再重建，但因為長期火山活動不斷，重建一事也成為泡影。

其實富士山也是座活火山，被定為「爆發警戒一級」。在江戶時代也有過爆發的紀錄，當時的江戶城鎮（現在的東京）聽說下了大量的火山灰。經過模擬得知，如果現在爆發的話，所產生的火山灰將會使首都喪失功能，並造成一萬人以上的傷亡。目前面臨火山隨時會爆發的櫻島的小學生，上下學都戴著白色的安全帽。為了預防萬一，似乎不只是因應地震的對策而已，也需要因應火山爆發的對策。

關鍵單字

	重音	日文	詞性	中文
1	0	広大《こうだい》	な形	廣大的
2	5	照葉樹林《しょうようじゅりん》	名	常綠闊葉林
3	0	キャンプ場《じょう》	名	露營場
4		知《し》る人《ひと》ぞ知《し》る	慣用句	內行人才知道的
5	0	再《ふたた》び	副	再度、再次
6	0	噴火《ふんか》する	動	（火山）爆發
7	8	噴火警戒《ふんかけいかい》レベル	名	（火山）爆發警戒分級
8	6	引《ひ》き上《あ》げられる	動	提高、提高到
9	3	活火山《かっかざん》	名	活火山
10	2	同《おな》じく	接	一樣
11	2	属《ぞく》す	動	隸屬於、屬於
12	3	県境《けんざかい》	名	兩縣交界處
13	1	惨事《さんじ》	名	慘事
14	2	火砕流《かさいりゅう》	名	火山碎屑流
15	3	尊《とうと》い	い形	寶貴的
16	5	ロープウェー	名	纜車
17	0	運行《うんこう》	名	營運
18	3 0	断念《だんねん》する	動	放棄
19	0	解体《かいたい》される	動	被拆掉
20	0	再建《さいけん》	名	重建
21	3	首都機能《しゅときのう》	名	首都功能
22	1	麻痺《まひ》する	動	喪失、癱瘓
23	3	シミュレーション	名	模擬
24	3	登下校《とうげこう》	名	上下學
25		万一《まんいち》に備《そな》える	慣用句	預防萬一

常用句型

1. ～を余儀《よぎ》なくされる：不得不～

例1　台風《たいふう》で避難《ひなん》を余儀《よぎ》なくされる。

因為有颱風，民眾不得不避難。

例2　新型《しんがた》コロナの感染拡大《かんせんかくだい》で閉店《へいてん》を余儀《よぎ》なくされる。

因為新冠肺炎疫情擴大，不得不收店。

2. ～（は）規制《きせい》がかかる、～が規制《きせい》される：管制～、限制～

例1　大雪《おおゆき》で高速道路《こうそくどうろ》は通行規制《つうこうきせい》がかかっている。

因為下大雪，高速公路有管制通行。

例2　立《た》ち入《い》りが規制《きせい》される。

管制進入。

3. 記憶《きおく》に新《あたら》しい：記憶猶新

例1　あの殺人事件《さつじんじけん》は記憶《きおく》に新《あたら》しい。

那件殺人事件大家記憶猶新。

例2　熊本地震《くまもとじしん》は記憶《きおく》に新《あたら》しい。

熊本地震大家記憶猶新。

大家討論

1. 「口永良部島《くちのえらぶじま》」とはどんな島《しま》ですか？

　「口永良部島」是怎麼樣的島嶼？

2. 「噴火警戒《ふんかけいかい》レベル」とは何《なん》ですか？

　「爆發警戒分級」是什麼？

3. 日本《にほん》では火山《かざん》の噴火《ふんか》に対《たい》してどんな対策《たいさく》がとられていますか？

　日本對火山爆發採取怎麼樣的因應對策？

4. 台湾《たいわん》にも火山《かざん》がありますか？

　台灣也有火山嗎？

日本啥東西

江戶《えど》（江戶）

東京的舊稱。明治維新時，德川幕府政府把政權奉還給天皇後，天皇從京都遷移到江戶，並把「江戶」改名為「東京」。

▶皇居的位置是昔日德川幕府政府的「**江戶城**」。

09 自《じ》転《てん》車《しゃ》規《き》制《せい》

現在自行車的「傘さし運転」也是取締的對象。

09 自《じ》転《てん》車《しゃ》規《き》制《せい》

日本《にほん》は世界有数《せかいゆうすう》の自転車社会《じてんしゃしゃかい》です。もともと最寄《もよ》り駅《えき》までや買《か》い物《もの》の際《さい》に自転車《じてんしゃ》を利用《りよう》する人《ひと》は少《すく》なくなかったのですが、不景気《ふけいき》の影響《えいきょう》で懐《ふところ》が寂《さび》しくなっている人《ひと》が交通費《こうつうひ》の節約《せつやく》のために、あるいは運動不足《うんどうぶそく》の解消《かいしょう》のために「ジテツウ」をするというケースが増《ふ》えてきていた上《うえ》、新型《しんがた》コロナウイルス感染症《かんせんしょう》の感染拡大《かんせんかくだい》の影響《えいきょう》で、環境《かんきょう》にもやさしく、密《みつ》を回避《かいひ》できる自転車《じてんしゃ》で通勤《つうきん》、通学《つうがく》する人《ひと》も右肩上《みぎかたあ》がりで増《ふ》えてきています。

２０２０年《にせんにじゅうねん》９月《くがつ》の国土交通省《こくどこうつうしょう》の資料《しりょう》によると、全国《ぜんこく》の自転車保有台数《じてんしゃほゆうだいすう》は約《やく》６７６１万台《ろくせんななひゃくろくじゅういちまんだい》になっています。人口比率《じんこうひりつ》ではほぼ国民《こくみん》２人《ふたり》に１台《いちだい》という計算《けいさん》になり、自動車《じどうしゃ》の保有台数《ほゆうだいすう》の約《やく》８２５４万台《はっせんにひゃくごじゅうよんまんだい》（２０２１年１１月現在《にせんにじゅういちねんじゅういちがつげんざい》）に迫《せま》る勢《いきお》いです。また、「電動《でんどう》アシスト自転車《じてんしゃ》」の国内出荷台数《こくないしゅっかだいすう》も２０２１年《にせんにじゅういちねん》には６０万台《ろくじゅうまんだい》を上回《うわまわ》り、自転車《じてんしゃ》の出荷台数《しゅっかだいすう》はこれまで以上《いじょう》に増《ふ》えてきています。

こうした自転車《じてんしゃ》の増加《ぞうか》により、自転車事故《じてんしゃじこ》も多発《たはつ》しています。中《なか》には死者《ししゃ》が出《で》るケースもあり、２０１５年《にせんじゅうごねん》に改正道路交通法《かいせいどうろこうつうほう》が施行《しこう》され、自転車《じてんしゃ》の罰則規定《ばっそくきてい》がグンと厳《きび》しくなり、２０１８年《にせんじゅうはちねん》と２０２０年《にせんにじゅうねん》の改正《かいせい》でさらに厳《きび》しくなりました。具体的《ぐたいてき》には信号無視《しんごうむし》、酒酔《さけよ》い運転《うんてん》などの自転車運転危険行為《じてんしゃうんてんきけんこうい》にあたる１５項目《じゅうごこうもく》に該当《がいとう》する行為《こうい》があり、3年以内《さんねんいない》に2回《にかい》検挙《けんきょ》された場合《ばあい》、講習《こうしゅう》3時間《さんじかん》（講習料《こうしゅうりょう》6000円《ろくせんえん》）を受《う》けなければならなくなりました。その成果《せいか》もあってか、警察庁《けいさつちょう》の発表《はっぴょう》によると、2014年《にせんじゅうよねん》に一年間《いちねんかん》で自転車《じてんしゃ》が関係《かんけい》した死亡事故《しぼうじこ》は全国《ぜんこく》で542件《ごひゃくよんじゅうにけん》もありましたが、2020年《にせんにじゅうねん》には419件《よんひゃくじゅうきゅうけん》にまで減少《げんしょう》しています。

警察《けいさつ》は取締《とりしまり》を強化《きょうか》すると同時《どうじ》に啓蒙活動《けいもうかつどう》も行《おこな》っています。意外《いがい》と見《み》かける傘《かさ》さし運転《うんてん》やケータイ操作運転《そうさうんてん》のほか、出前《でまえ》でおかもちを持《も》って片《かた》手運転《てうんてん》するのもアウトになります。また、自転《じてん》車専用《しゃせんよう》レーンをもっと増《ふ》やすべきだ、車《くるま》と同《おな》じように運転免許《うんてんめんきょ》や点数制《てんすうせい》を導入《どうにゅう》してはどうかという声《こえ》も出《で》てきています。車《くるま》やバイクでは歩行《ほこう》者優先《しゃゆうせん》が当《あ》たり前《まえ》になっていますが、自転車《じてんしゃ》ではまだまだマナーの悪《わる》さが目立《めだ》っています。そのマナーの改善《かいぜん》が望《のぞ》まれているのです。

▶在由布院（大分縣）騎租賃自行車的觀光客。

自行車管制

日本是全世界數一數二的自行車王國。以往大多是騎自行車到最近的車站、購物，但現在則是因受到不景氣的影響，荷包縮水的人為了節省交通費，或是缺乏運動的人為了解決這問題，使得「自轉通（自行車通勤、通學族）」增加；再加上受新冠肺炎疫情影響，既有利環保、又可以回避群聚的騎自行車通勤、通學方式，人數快速攀升。

根據二〇二〇年九月的國土交通省資料，全國自行車的持有數量是約六千七百六十一萬輛。而以人口比例來看的話，大約是每兩人就有一台，緊追汽車的約八千兩百五十四萬輛（二〇二一年十一月）。另外，「電動輔助自行車」的二〇二一年國內出貨數量就超越六十萬輛，自行車的出貨數量，比過去增加了許多。

由於自行車如此這般地增加，自行車的車禍也頻傳。其中甚至有致死的車禍，因此，二〇一五年自行車實施修訂道路交通法，針對自行車的罰則一舉變得嚴格後，二〇一八年及二〇二〇年再修訂道路交通法加強內容。具體來說，像闖紅燈、酒駕等十五項自行車危險行為，在三年內被舉發兩次的話，必須接受三小時的講習（講習費六千日圓）。或許是因為修法成效良好，根據警察廳的公開數據，二〇一五年一年之中與自行車相關的致死事故全國多達五百四十二件，二〇二〇年則減少到四百一十九件。

警察加強取締的同時，也進行道德勸說。除了常見的邊撐傘邊騎和邊用行動電話邊騎不行之外，送外賣的拿著外賣籃單手騎也不行。其他，也出現了應該增加更多自行車專用道、跟汽車一樣要考駕照或扣點的意見。開車或騎機車禮讓行人是理所當然，但自行車族的壞習慣仍引人注目。那些習慣，希望能有所改善。

關鍵單字

	重音	日文	詞性	中文
1	4	最寄《もよ》り駅《えき》	名	最近的車站
2	0	節約《せつやく》	名	節省
3	5	運動《うんどう》不足《ぶそく》	名	缺乏運動
4	0	解消《かいしょう》	名	解決
5	2	ジテツウ	名	自行車通勤、通學族
6	1	密《みつ》	名	群聚
7	4	保有台数《ほゆうだいすう》	名	持有數量
8	8・2	電動《でんどう》アシスト 自転車《じてんしゃ》	名	電動輔助自行車
9	4	出荷台数《しゅっかだいすう》	名	出貨數量
10	0	多発《たはつ》する	動	頻傳
11	0	改正《かいせい》	名	修訂
12	0 6	道路交通法《どうろこうつうほう》	名	相當於台灣的「道路交通管理處罰條例」
13	0	施行《しこう》される	動	實施
14	5	信号無視《しんごうむし》	名	闖紅燈
15	5	酒酔《さけよ》い運転《うんてん》	名	酒駕
16	1	検挙《けんきょ》される	動	被舉發
17	0	講習《こうしゅう》	名	講習
18	5	啓蒙活動《けいもうかつどう》	名	道德勸說
19	5	傘《かさ》さし運転《うんてん》	名	邊撐傘邊騎
20	8	ケータイ操作運転《そうさうんてん》	名	邊使用行動電話邊騎
21	0	出前《でまえ》	名	送外賣
22	0	おかもち	名	外賣籃
23	1	アウト	名	不行（源自「出局」之意）
24	9	自転車専用《じてんしゃせんよう》レーン	名	自行車專用道
25	2	目立《めだ》つ	動	引人注目

常用句型

1. 懐《ふところ》が寂《さび》しい：荷包縮水

例 1　給料日前《きゅうりょうびまえ》で懐《ふところ》が寂《さび》しい。

還沒有到發薪日，阮囊羞澀。

例 2　結婚式《けっこんしき》が続《つづ》いて懐《ふところ》が寂《さび》しい。

連續參加婚宴，荷包一直縮水。

2. 右肩上《みぎかたあ》がり：快速攀升

例 1　業績《ぎょうせき》が右肩上《みぎかたあ》がりで伸《の》びる。

業績快速攀升。

例 2　コロナ前《まえ》は右肩上《みぎかたあ》がりで経済《けいざい》が成長《せいちょう》していた。

疫情前經濟快速攀升。

3. グンと～なる：一舉變得（常用於快速變化）

例 1　１１月《じゅういちがつ》に入《はい》ってグンと寒《さむ》くなった。

進入十一月，天氣一下子變得冷颼颼。

例 2　塾《じゅく》に通《かよ》ってから、成績《せいせき》がグンとよくなった。

開始上補習班後，成績一舉變得很好。

大家討論

1. 「ジテツウ」とはどんな意味《いみ》ですか？

「ジテツウ」是什麼意思？

2. どうして自転車運転《じてんしゃうんてん》の罰則《ばっそく》が強化《きょうか》されましたか？

為什麼針對自行車的罰則變得嚴格？

3. どうして日本《にほん》は「自転車社会《じてんしゃしゃかい》」だと思《おも》いますか？

您認為為什麼日本是「自行車王國」？

4. 台湾《たいわん》の自転車環境《じてんしゃかんきょう》について教《おし》えてください。

請介紹台灣的自行車環境。

日本啥東西

警察庁《けいさつちょう》と警視庁《けいしちょう》（警察廳和警視廳）

日本警察組織有兩個容易搞混的單位：「警察庁《けいさつちょう》」（警察廳）跟「警視庁《けいしちょう》」（警視廳）。日本四十七都道府縣都有警察單位，北海道有「道警《どうけい》」（道警）、大阪府跟京都府有「府警《ふけい》」（府警）、各縣則有「県警《けんけい》」（縣警），那麼東京都就有「都警」嗎？東京都並沒有「都警」，而有「警視庁《けいしちょう》」，是東京都的警察單位。

「警察庁《けいさつちょう》」（警察廳）則是隸屬於「国家公安委員会《こっかこうあんいいんかい》」（國家公安委員會），是警察的中央單位，相當於台灣的內政部警政署。

▶位於地鐵櫻田門站附近的「警視庁」大樓。

⑩ 盆《ぼん》休《やす》み

住在台灣的日本人跳復刻版的「台灣音頭」。

10 盆《ぼん》休《やす》み

日本《にほん》には大《おお》きな連休《れんきゅう》が三《みっ》つあります。年末年《ねんまつねん》始《し》のお正月休《しょうがつやす》み、4月末《しがつまつ》から5月初《ごがつはじ》めにかけてのゴールデンウイーク、そして8月《はちがつ》のお盆休《ぼんやす》みです。お盆休《ぼんやす》みはだいたい8月15日前後《はちがつじゅうごにちぜんご》の一《いっ》週間程度《しゅうかんていど》ですが、特《とく》に法律《ほうりつ》などで定《さだ》められているわけではありません。それで年末年始《ねんまつねんし》やゴールデンウイークと異《こと》なり、官公庁《かんこうちょう》や金融機関《きんゆうきかん》は通常通《つうじょうどお》りの業務《ぎょうむ》を行《おこな》っています。民間企業《みんかんきぎょう》はお盆休《ぼんやす》みがあるところも少《すく》なくありませんが、一《いっ》般的《ぱんてき》に夏季休業《かききゅうぎょう》と称《しょう》しています。

お盆《ぼん》はご先祖様《せんぞさま》を供養《くよう》するための仏事《ぶつじ》で盂蘭《うら》盆《ぼん》とも言《い》われ、昔《むかし》は旧暦《きゅうれき》の7月15日《しちがつじゅうごにち》を中心《ちゅうしん》に行《おこな》われていました。明治《めいじ》に入《はい》ってから旧暦《きゅうれき》が廃《はい》止《し》されたため、地方《ちほう》によっては新暦《しんれき》の7月15《しちがつじゅうご》日《にち》になっているところもありますが、一般的《いっぱんてき》には旧暦《きゅうれき》の時期《じき》に合《あ》わせて8月15日前後《はちがつじゅうごにちぜんご》です。春秋《しゅんじゅう》のお彼岸《ひがん》には帰省《きせい》できない人《ひと》も、お盆《ぼん》には帰省《きせい》してお墓参《はかまい》りをします。また、連休《れんきゅう》を利用《りよう》して家族連《かぞくづ》れで行楽地《こうらくち》を訪《おとず》れたり、海外《かいがい》へ出《で》かける人《ひと》もいます。

お盆《ぼん》には多《おお》くの人《ひと》が円《えん》になって踊《おど》る「盆踊《ぼんおど》り」をするところも少《すく》なくありません。○○音《おん》頭《ど》や○○節《ぶし》といった地方民謡《ちほうみんよう》に合《あ》わせて踊《おど》りますが、最近《さいきん》は歌謡曲《かようきょく》を使《つか》っているところもあります。また、家《いえ》の前《まえ》で火《ひ》を焚《た》いて先祖《せんぞ》の霊《れい》を迎《むか》えたり送《おく》ったりする「迎《むか》え火《び》」や「送《おく》り火《び》」の習慣《しゅうかん》が残《のこ》っているところもあり、「灯籠流《とうろうなが》し」や「大文字焼《だいもんじやき》」のような規模《きぼ》の大《おお》きな「送《おく》り火《び》」もあります。中《なか》でも京都《きょうと》の「五山送《ごさんおく》り火《び》」は有名《ゆうめい》で、毎年多《まいとしおお》くの観光客《かんこうきゃく》でにぎわいます。

お盆《ぼん》にはご先祖様《せんぞさま》の供養《くよう》をするためにお墓参《はかまい》りに行《い》きますが、時間的《じかんてき》に余裕《よゆう》がなかったり、年《とし》を取《と》って遠出《とおで》ができなくなってきている人《ひと》たちも増《ふ》えてきているようです。そういった人《ひと》たちのために「お墓参《はかまい》り代行《だいこう》サービス」というのもあります。いろいろなプランがあって、安《やす》いプランだと墓参《はかまい》りだけですが、ちょっと高額《こうがく》なプランになると、お墓《はか》の掃除《そうじ》だけでなく、専用《せんよう》の道具《どうぐ》を使《つか》ってプロが墓石《はかいし》をきれいに磨《みが》いてくれたりもするそうです。赤《あか》の他人《たにん》がお墓《はか》の掃除《そうじ》に来《き》てくれて、ご先祖様《せんぞさま》もビックリするかもしれませんね。

▶作者小時候，每年都會穿著浴衣參加社區的「**盆踊り**」。

盂蘭盆節休假

在日本，有三個大型連休，一個是年底年初的過年，一個是四月底到五月初的黃金週，還有一個就是八月的「盂蘭盆節」。「盂蘭盆節」大概是八月十五日前後約一星期的連休，但並不是國定假日。因此和過年、黃金週不同，公家機關及金融機關等都是如常辦公及營業。民間企業放「盂蘭盆節」假期的不在少數，一般稱為夏季休業。

「御盆」是祭拜祖先的佛教儀式，又被稱為「盂蘭盆節」，過去是以舊曆七月十五日為中心來實施。由於進入明治時代後，舊曆被廢止，所以根據地區不同，有些地方於新曆七月十五日實施，但一般則多為配合舊曆時期，訂於新曆八月十五日前後。春天、秋天的彼岸節日時無法回鄉的人，便會在「盂蘭盆節」時回鄉掃墓。另外，也有人會利用連休假期，一家大小出遊，或是出國旅行。

「盂蘭盆節」時，很多地方都會有人圍成圈圈跳「盆踊」。雖說都是搭配○○音頭、○○節之類的地方民謠跳舞，但最近也有些地方會搭配流行歌曲。除此之外，有些地方還保有在家門前生火迎接、送走祖先靈魂的「迎火」、「送火」習俗，也有像「放水燈」、「大文字燒」等大規模的「送火」。其中，又以京都的「五山送火」最為有名，每年都吸引不少觀光客前往。

雖說「盂蘭盆節」是為了祭拜祖先、掃墓的時節，但好像因為時間上不夠充裕，或是上了年紀不方便出遠門的人增加的緣故，出現了所謂「代客掃墓」的服務。他們提供各式各樣的服務內容，便宜的方案只有掃墓，但聽說價格稍高的方案就不僅是掃墓，還會使用專業道具將墓碑擦亮。毫無關係的人來打掃自己的墓地，祖先們或許也會大吃一驚吧！

關鍵單字

	重音	日文	詞性	中文
1	5	年末年始《ねんまつねんし》	名	年底年初
2	0	だいたい	副	大概
3	5	定《さだ》められる	動	被定為
4	3	異《こと》なる	動	與～不同
5	3	官公庁《かんこうちょう》	名	公家機關
6	56	金融機関《きんゆうきかん》	名	金融機關
7	10	仏事《ぶつじ》	名	佛教儀式
8	02	盂蘭盆《うらぼん》	名	盂蘭盆節
9	0	旧暦《きゅうれき》	名	農曆、舊曆
10	0	新暦《しんれき》	名	新曆
11	0	お彼岸《ひがん》	名	彼岸節（掃墓節）
12	0	帰省《きせい》	名	回鄉、返鄉
13	4	（お）墓参《はかまい》り	名	掃墓
14	0	家族連《かぞくづ》れ	名	一家大小
15	43	行楽地《こうらくち》	名	觀光景點
16	1・1	円《えん》に なる	連	圍成圈圈
17	3	盆踊《ぼんおど》り	名	盆踊（盂蘭盆節跳的舞蹈）
18	2	歌謡曲《かようきょく》	名	流行歌曲
19	0	焚《た》く	動	生火
20	2・1	年《とし》を 取《と》る	連	上了年紀
21	0	遠出《とおで》	名	出遠門
22	0	代行《だいこう》	名	代客
23	1	プラン	名	方案
24	0	磨《みが》く	動	擦
25	1	赤《あか》の他人《たにん》	名	毫無關係的人

常用句型

1. ～わけではない：並不是

例１ 日本人《にほんじん》は毎日《まいにち》すしを食《た》べるわけではない。

日本人並不是每天都吃壽司。

例２ ３０《さんじゅっ》歳《さい》までに結婚《けっこん》したいわけではない。

並不是三十歲前就想要結婚。

2. ～習慣《しゅうかん》が残《のこ》る：還保有～的習俗

例１ 田舎《いなか》では旧暦《きゅうれき》を使《つか》う習慣《しゅうかん》が残《のこ》っている。

在鄉下還保有使用舊曆的習俗。

例２ 田舎《いなか》ではお正月《しょうがつ》に親戚一堂《しんせきいちどう》が集《あつ》まる習慣《しゅうかん》が残《のこ》っている。

在鄉下還保有過年時親戚齊聚一堂的習俗。

3. 時間的《じかんてき》に余裕《よゆう》がない：時間上沒有餘裕

例１ 仕事《しごと》が忙《いそが》しくて、時間的《じかんてき》に余裕《よゆう》がない。

因為工作忙碌，時間上沒有餘裕。

例２ 年末《ねんまつ》で時間的《じかんてき》に余裕《よゆう》がない。

因為年底，所以時間上沒有餘裕。

大家討論

1. 「お盆《ぼん》」とは何《なん》ですか？

「盂蘭盆節」是什麼？

2. 「お盆《ぼん》」にはどんなことをしますか？

「盂蘭盆節」期間要做什麼？

3. どうして「お墓参《はかまい》り代行《だいこう》サービス」があると思《おも》いますか？

您認為為什麼會有「代客掃墓的服務」？

4. 台湾《たいわん》にも「お盆《ぼん》」のような習慣《しゅうかん》がありますか？

在台灣有沒有類似「盂蘭盆節」的習俗？

日本啥東西

盆踊《ぼんおど》り（盆踊）

所謂的「盆踊」，是在八月盂蘭盆節的時候，為了祭拜當地社區居民的祖先，居民圍成一個圈圈一起跳的舞。跳的時候，一般都會搭配「○○音頭」、「○○節」之類的地方民謠，而參加的人有的人會負責打太鼓，有的人則是穿著「浴衣《ゆかた》」跳舞。由於社區的小朋友通常不太想參加，所以有的社區就會準備餅乾、冰淇淋等來吸引小朋友，而且要等到跳完之後才能拿。聽說最近也有些地方會搭配流行歌曲，感覺起來比較熱鬧。

▶福岡市政府廣場的「盆踊り」活動很熱鬧。

11 集《しゅう》中《ちゅう》豪《ごう》雨《う》

2012年「九州北部豪雨」時的水位紀錄。

11 集《しゅう》中《ちゅう》豪《ごう》雨《う》

２０１５年《にせんじゅうごねん》は台風《たいふう》の当《あ》たり年《どし》と言《い》われました。１４《じゅうよん》の台風《たいふう》が日本《にほん》に接近《せっきん》し、そのうち４《よっ》つの台風《たいふう》が日本《にほん》に上陸《じょうりく》しました（離島《りとう》は除《のぞ》く）。台風《たいふう》による被害《ひがい》もあり、８月《はちがつ》に上陸《じょうりく》した台風《たいふう》１５号《じゅうごごう》は、九州《きゅうしゅう》の広《ひろ》い範囲《はんい》に暴風雨《ぼうふうう》をもたらし、家屋倒壊《かおくとうかい》などの被害《ひがい》が出《で》たほか、上陸当日《じょうりくとうじつ》はＪＲ九州《じぇいあーるきゅうしゅう》の電車《でんしゃ》、新幹線《しんかんせん》のほか、福岡《ふくおか》の路線《ろせん》バスや高速《こうそく》バスなどが始発《しはつ》から運転《うんてん》を見合《みあ》わせ、多《おお》くの通勤客《つうきんきゃく》などの足《あし》に影響《えいきょう》が出《で》ました。また、多《おお》くの空《そら》の便《びん》が欠航《けっこう》や時間変更《じかんへんこう》を余儀《よぎ》なくされました。

９月《くがつ》に入《はい》ってからは、台風１８号《たいふうじゅうはちごう》の影響《えいきょう》による記録的《きろくてき》な豪雨《ごうう》で鬼怒川《きぬがわ》が堤防決壊《ていぼうけっかい》。茨城県《いばらきけん》は多大《ただい》な被害《ひがい》に遭《あ》い、孤立《こりつ》する集落《しゅうらく》もでました。床下《ゆかした》・床上浸水《ゆかうえしんすい》した住宅《じゅうたく》は１万戸《いちまんこ》を超《こ》え、コメやイチゴなどの農作物《のうさくぶつ》の被害《ひがい》は茨城《いばらき》・栃木《とちぎ》の両県《りょうけん》で３０億円以上《さんじゅうおくえんいじょう》に上《のぼ》るといわれました。また、台風１８号《たいふうじゅうはちごう》から変《か》わった温帯低気圧《おんたいていきあつ》と台風《たいふう》１７号《じゅうななごう》の影響《えいきょう》で東北《とうほく》も集中豪雨《しゅうちゅうごうう》に遭《あ》い、死傷者《ししょうしゃ》が出《で》たほか、宮城県《みやぎけん》の大崎市《おおさきし》でも堤防《ていぼう》が決壊《けっかい》しました。

被害《ひがい》のあった茨城県常総市《いばらきけんじょうそうし》では、住民《じゅうみん》が避難《ひなん》して不在中《ふざいちゅう》の空《あ》き巣《す》被害《ひがい》があり、「火事場泥棒《かじばどろぼう》」と非難《ひなん》されました。また、常総市《じょうそうし》は当初《とうしょ》この東日本豪雨《ひがしにほんごうう》で連絡《れんらく》が取《と》れないとしていた１５《じゅうご》人《にん》の行方不明者《ゆくえふめいしゃ》のうち「１４人《じゅうよにん》」の無事《ぶじ》を確認《かくにん》し、残《のこ》りの1人《ひとり》は虚偽通報《きょぎつうほう》」と発表《はっぴょう》していましたが、実際《じっさい》には15人《じゅうごにん》全員《ぜんいん》の無事《ぶじ》が確認《かくにん》され、虚偽通報《きょぎつうほう》はそれ以外《いがい》だったと発表《はっぴょう》しました。こうした行方不明者《ゆくえふめいしゃ》の数《かず》は市町村《しちょうそん》と県《けん》で情報《じょうほう》の共《きょう》有《ゆう》ができていなかったことがわかっており、こうした不手際《ふてぎわ》については改善《かいぜん》を求《もと》める声《こえ》も出《で》ました。

この東日本豪雨《ひがしにほんごうう》ではマスコミの報道姿勢《ほうどうしせい》に対《たい》しても批判《ひはん》の声《こえ》が上《あ》がりました。視聴率《しちょうりつ》のために逃《に》げ遅《おく》れた人《ひと》を自衛隊《じえいたい》がヘリコプターで救助《きゅうじょ》する様子《ようす》や床上浸水《ゆかうえしんすい》した家屋《かおく》の屋根《やね》の上《うえ》で助《たす》けを求《もと》める住民《じゅうみん》などの映像《えいぞう》ばかりが映《うつ》し出《だ》され、被害《ひがい》の全体像《ぜんたいぞう》が見《み》えず、国《くに》や地方自治体《ちほうじちたい》が被害《ひがい》対策《たいさく》をつかめなかったといった声《こえ》のほか、マスコミはヘリコプターを飛《と》ばしすぎ、救助《きゅうじょ》の邪魔《じゃま》になるといった意見《いけん》もありました。東日本大震《ひがしにほんだいしん》災《さい》の時《とき》に似《に》たような報道《ほうどう》が批判《ひはん》されましたが、どうやらマスコミ各社《かくしゃ》は同《おな》じ轍《わだち》を踏《ふ》んでしまったようです。

▶平時寧靜的福岡縣筑後川曾決堤過幾次。

集中豪雨

二〇一五年可說是颱風年，當年共有十四個颱風接近日本，而其中有四個登陸日本（不含離島）。受到颱風影響也出現了災情；八月時登陸的十五號颱風（天鵝颱風）給九州地區帶來了大範圍的暴風雨，不僅造成房屋倒塌，登陸當天除了JR九州的電車、新幹線，還包括了福岡市內公車、長途客運等，從首班車就暫停行駛，衝擊到許多通勤族的交通問題。另外，也有不少飛機航班被迫停飛或更改時間。

進入到九月之後，十八號颱風（艾陶颱風）帶來破紀錄的豪雨，使得鬼怒川決堤。茨城縣遭受到莫大的傷害，甚至出現被孤立的聚落。超過一萬戶家中淹水，據了解，當時茨城、栃木兩個縣加起來，稻米、草莓等農作物損失金額高達三十億日圓以上。而十八號颱風轉變為溫帶氣旋之後，和十七號颱風（奇羅颱風）又造成東北地方受到集中豪雨侵襲，不但有人員傷亡，宮城縣大崎市的堤防也決堤了。

在出現災情的茨城縣常總市，還陸續傳出利用居民避難不在家時闖空門行竊的被害事件，被批評是「趁人之危」。另外，常總市一開始聲稱在這場東日本豪雨中，原本無法取得聯繫的十五位失蹤者「已有十四人確認平安無事，一人則為不實通報」，但後來更正，十五位都平安無事，不是假消息。像這樣的失蹤人數，各市鎮村無法和該縣共享資訊的問題也在這次災害中突顯出來，因而出現要求改善這種行政疏失的意見。

針對該次東日本豪雨的媒體報導態度，也有批評的聲浪。為了收視率，不停播放自衛隊以直升機救助來不及避難的人的畫面，還有因家中淹水而在屋頂上等待救援的民眾畫面，以致出現「看不到災情全貌、中央政府及地方政府無法掌握對受災狀況之因應對策」這樣的聲音，還有「媒體派出太多的採訪直升機妨礙救災」這樣的意見。跟東日本大地震時因媒體有過類似這樣的報導而遭到批評的情況類似，總覺得各家媒體似乎是在重蹈覆轍。

關鍵單字

	重音	日文	詞性	中文
1	3	台風《たいふう》	名	颱風
2	03	当《あ》たり年《どし》	名	（某件事）發生很多次的年
3	0	上陸《じょうりく》する	動	登陸
4	1・0	家屋《かおく》 倒壊《とうかい》	名	房屋倒塌
5	4	路線《ろせん》バス	名	市內公車
6	5	高速《こうそく》バス	名	長途客運
7	3	通勤客《つうきんきゃく》	名	通勤族
8	0	記録的《きろくてき》	な形	破紀錄的
9	5	堤防決壊《ていぼうけっかい》	名	決堤
10	10	集落《しゅうらく》	名	聚落
11	2	死傷者《ししょうしゃ》	名	人員傷亡
12	0	空《あ》き巣《す》	名	闖空門行竊
13	4	火事場泥棒《かじばどろぼう》	名	趁人之危
14	5	行方不明者《ゆくえふめいしゃ》	名	失蹤者
15	0	無事《ぶじ》	名	平安無事
16	3	虚偽通報《きょぎつうほう》	名	不實通報
17	0	共有《きょうゆう》	名	共享
18	2	不手際《ふてぎわ》	名	疏失
19	0	マスコミ	名	媒體
20	5	報道姿勢《ほうどうしせい》	名	報導態度
21	2	視聴率《しちょうりつ》	名	收視率
22	3・3	助《たす》けを 求《もと》める	連	等待救援
23	3	全体像《ぜんたいぞう》	名	全貌
24	52	地方自治体《ちほうじちたい》	名	地方政府
25	4	邪魔《じゃま》に なる	連	妨礙

常用句型

1. ～を見合《みあ》わせる：（因某種原因）暫停～

例1 地震《じしん》のため、列車《れっしゃ》の運転《うんてん》を見合《みあ》わせる。

因為地震，列車暫停行駛。

例2 感染拡大予防《かんせんかくだいよぼう》のため、イベントの開催《かいさい》を見合《みあ》わせる。

為了預防疫情擴大，活動暫停舉辦。

2. ～の足《あし》に影響《えいきょう》が出《で》る：衝擊到～的交通問題

例1 大雪《おおゆき》で通勤客《つうきんきゃく》の足《あし》に影響《えいきょう》が出《で》る。

因為下大雪，衝擊到通勤族的交通問題。

例2 赤字路線《あかじろせん》が廃線《はいせん》になり、地元住民《じもとじゅうみん》の足《あし》に影響《えいきょう》が出《で》ている。

因為廢掉虧損路線，衝擊到當地居民的交通問題。

3. 轍《わだち》を踏《ふ》む：重蹈覆轍

例1 何度《なんど》も同《おな》じ轍《わだち》を踏《ふ》むな。

不要一直重蹈覆轍。

例2 兄《あに》と同《おな》じ轍《わだち》を踏《ふ》んではならない。

不能重蹈哥哥的覆轍。

大家討論

1. 「台風《たいふう》 15号《じゅうごごう》」は九州《きゅうしゅう》にどんな被害《ひがい》をもたらしましたか？

   「十五號颱風」給九州地區帶來了什麼樣的災害？

2. 「東日本豪雨《ひがしにほんごうう》」はどんな被害《ひがい》をもたらしましたか？

   「東日本豪雨」帶來了什麼樣的災害？

3. どうしてマスコミの報道姿勢《ほうどうしせい》が批判《ひはん》されていますか？

   為什麼媒體的報導態度受到批評？

4. 台湾《たいわん》ではどのような自然災害《しぜんさいがい》がありましたか？

   在台灣曾有什麼樣的自然災害？

日本啥東西

床下浸水《ゆかしたしんすい》、床上浸水《ゆかうえしんすい》（地板下淹水、地板上淹水）

日本傳統房子地板下都有幾十公分的空間，日文中的「床《ゆか》」指的是「地板」，淹水程度不到地板就叫「床下浸水《ゆかしたしんすい》」、淹水程度超過地板則叫「床上浸水《ゆかうえしんすい》」。這淹水的程度區分跟保險理賠、或地方政府的補償金也有很大的關係，如果是「床下浸水《ゆかしたしんすい》」，大部分的保險都沒有理賠。

▶經過多次水災，現在有很多「海拔低」的警示板。

12 日本《にほん》の文《ぶん》学《がく》賞《しょう》

作者的桃太郎系列著作。

12 日本《にほん》の文学賞《ぶんがくしょう》

日本《にほん》にはいろいろな文学賞《ぶんがくしょう》がありますが、中《なか》でももっとも世間《せけん》の注目《ちゅうもく》を集《あつ》めているのが、年《ねん》に2回《にかい》受賞作品《じゅしょうさくひん》が発表《はっぴょう》される「芥川賞《あくたがわしょう》」と「直木賞《なおきしょう》」です。前者《ぜんしゃ》は大正時代《たいしょうじだい》の小説家《しょうせつか》を代表《だいひょう》する芥川龍之介《あくたがわりゅうのすけ》の業績《ぎょうせき》を記念《きねん》して設《もう》けられた賞《しょう》で、純文学《じゅんぶんがく》の新人賞《しんじんしょう》です。後者《こうしゃ》は文藝春秋社《ぶんげいしゅんじゅうしゃ》の社長《しゃちょう》だった菊池寛《きくちかん》が、友人《ゆうじん》の直木三十五《なおきさんじゅうご》を記念《きねん》して設《もう》けた賞《しょう》で、大衆文学賞《たいしゅうぶんがくしょう》です。この賞《しょう》を受賞《じゅしょう》すると「一生食《いっしょうく》いっぱぐれがない」と言《い》われていて、ガリレオシリーズでおなじみの東野圭吾《ひがしのけいご》氏《し》や半沢直樹《はんざわなおき》シリーズが大《だい》ヒットした池井戸潤《いけいどじゅん》氏《し》も同賞《どうしょう》の受賞者《じゅしょうしゃ》で、受賞作《じゅしょうさく》がテレビ化《か》や映画化《えいがか》されることもあります。

一昨年《いっさくねん》（2021年《にせんにじゅういちねん》）上半期《かみはんき》に第165回《だいひゃくろくじゅうごかい》芥川賞《あくたがわしょう》と直木賞《なおきしょう》が発表《はっぴょう》されましたが、今回《こんかい》は第《だい》161回《ひゃくろくじゅういっかい》芥川賞《あくたがわしょう》にも候補《こうほ》に挙《あ》がっていた台湾《たいわん》出身《しゅっしん》の李琴峰《りことみ》氏《し》が再《ふたた》び芥川賞《あくたがわしょう》の候補《こうほ》に上《あ》がっていたため、台湾《たいわん》でも一部《いちぶ》で注目《ちゅうもく》を集《あつ》めていました。今回《こんかい》はその李琴峰《りことみ》氏《し》の『彼岸花《ひがんばな》が咲《さ》く島《しま》』が台湾出身者《たいわんしゅっしんしゃ》として初《はじ》めて芥川賞《あくたがわしょう》を受賞《じゅしょう》するという快挙《かいきょ》を成《な》し遂《と》げました。

台湾出身者《たいわんしゅっしんしゃ》といえば、2015年《にせんじゅうごねん》に東山彰良《ひがしやまあきら》氏《し》の『流《ながれ》』が直木賞《なおきしょう》を受賞《じゅしょう》しました。台湾出身《たいわんしゅっしん》者《しゃ》としては邱永漢《きゅうえいかん》氏《し》に次《つ》ぐ2人目《ふたりめ》の同賞受賞者《どうしょうじゅしょうしゃ》になります。ペンネームの「彰良《あきら》」は縁《えん》のある台湾《たいわん》の彰化《しょうか》にちなんでつけたものだということです。

このほか日本《にほん》で毎回注目《まいかいちゅうもく》を集《あつ》めている文学賞《ぶんがくしょう》に「本屋大賞《ほんやたいしょう》」があります。文学者《ぶんがくしゃ》や作家《さっか》などが選考委員《せんこういいん》になっているほかの文学賞《ぶんがくしょう》とは一線《いっせん》を画《かく》し、新刊《しんかん》を扱《あつか》う書店《しょてん》の店員《てんいん》による投票《とうひょう》によってノミネート作品《さくひん》と受賞作品《じゅしょうさくひん》が決《き》まります。こちらは本屋《ほんや》の店員《てんいん》がもっとも売《う》りたい本《ほん》ということで、どちらかというとエンターテインメント性《せい》の高《たか》い作品《さくひん》が選《えら》ばれる傾向《けいこう》が強《つよ》く、「読《よ》まずに当《あ》てよう本屋大賞《ほんやたいしょう》」と揶揄《やゆ》されることもあり、受賞作《じゅしょうさく》の発表前《はっぴょうまえ》にネットで炎上《えんじょう》することもありますが、本離《ほんばな》れが進《すす》んでいると言《い》われている日本《にほん》で、こういった文学賞《ぶんがくしょう》の受賞作品《じゅしょうさくひん》は読書《どくしょ》の裾野《すその》を広《ひろ》げるきっかけになっていることは確《たし》かです。

▶高雄的書櫃彩繪牆有日本作家的小說。

日本的文學獎

在日本有各式各樣的文學獎，但其中最受到大家矚目的是一年發表兩次得獎作品的「芥川賞（獎）」和「直木賞（獎）」。前者是為了紀念代表大正時代的小說家——芥川龍之介的成就而設立的純文學新人獎；後者則為曾是文藝春秋社社長的菊池寬為了紀念朋友——直木三十五而設立的大眾文學獎。據傳得到這個獎，就「一輩子不愁吃穿」了，因天才伽利略系列而為大家所熟知的東野圭吾，還有因半澤直樹系列紅透半邊天的池井戶潤也得過該獎，部分得獎作品也被拍成連續劇或電影。

前年（二〇二一年）上半年第一百六十五屆芥川賞和直木賞發表得獎人名單了，而得獎人揭曉前，由於入圍名單中出現了曾入圍第一百六十一屆芥川賞、台灣出身的李琴峰，所以在台灣也吸引部分民眾的注目。此次李琴峰的《彼岸花盛開之島》，為台灣出身作家首次達成在芥川賞獲獎的壯舉。

說到台灣出身，還有得到直木賞的東山彰良所寫的《流》。他是繼邱永漢之後，第二個以在台灣出生身分得到此獎者。「彰良」這個筆名，據說是由跟他有緣的台灣地名「彰化」而來的。

除了這些，在日本每次都受到關注的文學獎中，還有「本屋大賞」。這個獎，跟由文學家、作家組成的評審委員的文學獎劃分界線，是由販賣新書的店員投票選出提名及得獎作品。由於這是店員選出最想賣的書，多少會偏向選擇娛樂性高的作品，因此有時也會被揶揄是「沒看過也能猜得到本屋大賞」，網路上也會在得獎作品發表前炒得沸沸揚揚；但在被說是越來越不太讀書的日本，這種文學獎的得獎作品，確實已成為拓展讀書視野的契機了。

關鍵單字

	重音	日文	詞性	中文
1	[4]	文学賞《ぶんがくしょう》	名	文學獎
2	[0]	受賞《じゅしょう》	名	得獎
3	[5]	大正《たいしょう》時《じ》代《だい》	名	1912 年 7 月 30 日至 1926 年 12 月 25 日
4	[0]	記念《きねん》する	動	紀念
5	[5]	設《もう》けられる	動	被設立
6		食《く》いっぱぐれがない	慣用句	不愁吃穿
7	[1][2]	シリーズ	名	系列
8	[3]	大《だい》ヒット	名	暢銷
9	[0]	テレビ化《か》	名	拍成連續劇
10	[0]	映《えい》画《が》化《か》される	動	拍成電影
11	[3]	上半期《かみはんき》	名	上半年
12	[1] / [3]	候補《こうほ》 / ノミネート	名	入圍、提名
13	[0]	出身《しゅっしん》	名	出身
14	[0]	（～に）次《つ》ぐ	動	～之後
15	[3]	ペンネーム	名	筆名
16	[1]・[1]	縁《えん》の ある	連	有緣
17	[5]	選考《せんこう》委員《いいん》	名	評審委員
18	[0]・[2]	一線《いっせん》を 画《かく》す	連	劃分界線
19	[0]	新刊《しんかん》	名	新書
20	[0][3]	扱《あつか》う	動	販賣
21	[0]	エンターテインメント性《せい》	名	娛樂性
22	[0]	炎上《えんじょう》する	動	炒得沸沸揚揚
23	[3]	本離《ほんばな》れ	名	不太讀書
24	[0]・[0]	裾野《すその》を 広《ひろ》げる	連	拓展（相關領域）
25	[0]	きっかけ	名	契機

常用句型

1. ～の注目《ちゅうもく》を集《あつ》める：受到～的矚目

例1　今回《こんかい》の事件《じけん》は世間《せけん》の注目《ちゅうもく》を集《あつ》めた。

這次事件受到大家的矚目。

例2　「台湾《たいわん》カステラ」が日本人《にほんじん》の注目《ちゅうもく》を集《あつ》めている。

「台灣古早味蛋糕」受到日本人的矚目。

2. 快挙《かいきょ》を成《な》し遂《と》げる：達成壯舉

例1　彼《かれ》はオリンピックで優勝《ゆうしょう》という快挙《かいきょ》を成《な》し遂《と》げた。

他完成了奧運冠軍的壯舉。

例2　彼《かれ》はノーベル賞受賞《しょうじゅしょう》という快挙《かいきょ》を成《な》し遂《と》げた。

他完成了獲得諾貝爾獎的壯舉。

3. ～にちなんでつける：由～而來的、以～起名的

例1　ペンネームは出身地《しゅっしんち》にちなんでつけられた。

筆名是由出生地而來的。

例2　駅名《えきめい》はデパートにちなんでつけられた。

車站名稱是由百貨公司名稱而來的。

大家討論

1. 「芥川賞《あくたがわしょう》」「直木賞《なおきしょう》」「本屋大賞《ほんやたいしょう》」とはどんな賞《しょう》ですか？

   「芥川賞」、「直木賞」及「本屋大賞」是怎麼樣的獎項？

2. 台湾出身者《たいわんしゅっしんしゃ》の受賞《じゅしょう》についてどう思《おも》いますか？

   您對台灣出身的人得獎有什麼感想呢？

3. 日本《にほん》の文学作品《ぶんがくさくひん》を読《よ》んだことがありますか？

   您有沒有讀過日本的文學作品？

4. 台湾《たいわん》にはどんな文学賞《ぶんがくしょう》がありますか？

   在台灣有什麼樣的文學獎？

日本啥東西

台湾《たいわん》出身《しゅっしん》の日本《にほん》在住《ざいじゅう》作家《さっか》
（台灣出身的旅日作家）

東山彰良出生於台灣，是旅日作家、大學講師。一九七三年在他五歲時跟著父親移民到日本，目前居住福岡，二〇〇二年發表的小說得獎後，寫作不輟，二〇一五年以台灣為背景的小說《流》獲得「直木賞」。

李琴峰出生於台灣，也是旅日作家。自台灣大學畢業後，二〇一三年赴日留學，二〇一七年發表處女作後持續創作，二〇二一年以《彼岸花盛開之島》獲得「芥川賞」。

▶東山彰良的《流》獲得「直木賞」時的海報。

13 外《がい》国《こく》人《じん》観《かん》光《こう》客《きゃく》増《ぞう》加《か》

2019 年來日本的外國人超過 3000 萬人次。

13 外《がい》国《こく》人《じん》観《かん》光《こう》客《きゃく》増《ぞう》加《か》

2003年《にせんさんねん》に訪日外国人旅行者《ほうにちがいこくじんりょこうしゃ》の増加《ぞうか》を目指《めざ》して立《た》ち上《あ》げられた「ビジット・ジャパン事業《じぎょう》」(訪日《ほうにち》プロモーション)。当初《とうしょ》は近隣《きんりん》の韓国《かんこく》、台湾《たいわん》、中国《ちゅうごく》、香港《ほんこん》とアメリカの5《いっ》つが訪日《ほうにち》促進重点国《そくしんじゅうてんこく》・地域《ちいき》になっていましたが、その後《ご》、対象《たいしょう》がドイツやフランスなどのヨーロッパ、タイやベトナムなどの東南《とうなん》アジアにも広《ひろ》がり、2013年《にせんじゅうさんねん》には外国人訪日観光者数《がいこくじんほうにちかんこうしゃすう》が目標《もくひょう》の1000《いっせん》万人《まんにん》を突破《とっぱ》しました。また、タイ、マレーシア、ブラジルなど一部《いちぶ》の東南《とうなん》アジアや南米《なんべい》の対象国《たいしょうこく》のビザ要件《ようけん》を緩和《かんわ》したことや、円安《えんやす》が進《すす》んだことから、外国人訪日観光者数《がいこくじんほうにちかんこうしゃすう》は2016年《にせんじゅうろくねん》には2000《にせん》万人《まんにん》を、2018年《にせんじゅうはちねん》には3000《さんぜん》万人《まんにん》を越《こ》え、着実《ちゃくじつ》に増《ふ》えてきていました。

日本政府観光局《にほんせいふかんこうきょく》(JNTO《じぇーえぬてぃーおー》)の発表《はっぴょう》によると、新型《しんがた》コロナウイルス感染症《かんせんしょう》が流行《りゅうこう》する前《まえ》の2019年《にせんじゅうきゅうねん》の外国人訪日観光者数《がいこくじんほうにちかんこうしゃすう》は過去最高《かこさいこう》の3188万人《さんぜんひゃくはちじゅうはちまんにん》となっています。かつての外国人《がいこくじん》訪日者数《ほうにちしゃすう》は台湾《たいわん》がトップでしたが、2015年《にせんじゅうごねん》にはその順番《じゅんばん》が入《い》れ替《か》わり、1位《いちい》が中国《ちゅうごく》、2位《にい》が韓国《かんこく》、3位《さんい》が台湾《たいわん》となり、中国人訪日観光者《ちゅうごくじんほうにちかんこうしゃ》の増加《ぞうか》が目立《めだ》っていました。ただ、こうした状況《じょうきょう》を手放《てばな》しで喜《よろこ》んではいられないのも現実《げんじつ》でした。

外国人観光客《がいこくじんかんこうきゃく》の急増《きゅうぞう》でさまざまな問題《もんだい》も起《お》こ

りました。「郷《ごう》に入《い》っては郷《ごう》に従《したが》え」ということわざがありますが、日本《にほん》のマナーを知《し》らずに土足厳禁《どそくげんきん》のところに土足《どそく》で入《はい》ったり、温泉《おんせん》でかけ湯《ゆ》をしないでいきなり湯船《ゆぶね》につかったりする外国人観光客《がいこくじんかんこうきゃく》があとを立《た》たなかったそうです。また、記念撮影《きねんさつえい》のためになりふり構《かま》わず線路《せんろ》に入《はい》ったり、自撮《じど》り棒《ぼう》がほかの人《ひと》の邪魔《じゃま》になったりするケースもあり、実際《じっさい》に線路《せんろ》での撮影中《さつえいちゅう》に電車《でんしゃ》にひかれた外国人《がいこくじん》もいます。それで自撮《じど》り棒《ぼう》の使用《しよう》を禁止《きんし》にしたところもあります。

また、「爆買《ばくが》い」と呼《よ》ばれる大量購入《たいりょうこうにゅう》により、地元《じもと》の人《ひと》が商品《しょうひん》を入手《にゅうしゅ》できなくなったり、パッケージなどの大量《たいりょう》のゴミを空港《くうこう》などで捨《す》てる人《ひと》がいたりして、清掃《せいそう》スタッフを増《ふ》やさざるを得《え》ない状況《じょうきょう》などになっていました。それから大量《たいりょう》に観光客《かんこうきゃく》が押《お》し寄《よ》せてくるため、貸切《かしきり》バスや宿泊施設《しゅくはくしせつ》の不足《ふそく》などで学校《がっこう》の遠足《えんそく》や修学旅行《しゅうがくりょこう》などにも影響《えいきょう》が出《で》ているケースもありました。外国人観光客《がいこくじんかんこうきゃく》が急増《きゅうぞう》したため、こうした想定外《そうていがい》の問題《もんだい》もいろいろ起《お》こっていましたが、今《いま》は逆《ぎゃく》にコロナ禍《か》で外国人観光客《がいこくじんかんこうきゃく》がほとんどなく、観光業界《かんこうぎょうかい》に大《おお》きな影響《えいきょう》を与《あた》えています。

▶從福岡機場起飛的飛機上有很多外國觀光客。

外國觀光客增加

二〇〇三年時以增加訪日外國觀光客為目標而啟動了「訪日旅行促進事業」（推廣訪日旅遊）。當初是設定鄰近的韓國、台灣、中國、香港及美國等五個國家為訪日重點國或地區，之後把對象擴展為德國、法國等歐洲國家，以及泰國、越南等東南亞國家。二〇一三年時訪日外國觀光客人數突破了原本設定的一千萬人目標。另外，這幾年針對泰國、馬來西亞、巴西等一部分東南亞或南美國家放寬簽證條件，加上日幣下跌的影響，訪日外國觀光客於二〇一六年時突破兩千萬人、於二〇一八年時突破三千萬人，著實增加了。

根據日本觀光局（ＪＮＴＯ）的發表，疫情前二〇一九年的訪日外國觀光客是史上最高，達三千一百八十八萬人，過去訪日外國觀光客當中，台灣人曾居於首位，但二〇一五年時排名順序已經起了變化，第一名是中國，第二名是韓國，台灣落到了第三名，中國訪日觀光客顯著增加。只是，現實層面並無法單純地樂觀看待。

由於外國觀光客的急遽增加，也引發了不少問題。雖然俗話說「入境隨俗」，但陸續出現一些不懂日本習慣的外國觀光客穿著鞋進去必須脫鞋的地方，或是泡溫泉時未先將身體洗乾淨就直接進入浴池之類的事情。還有人為了拍紀念照，擅自闖入電車軌道；用自拍棒干擾到其他人等案例，實際上也真的有因為在電車軌道上拍照而被電車撞倒的外國人。因此，也有些地方決定禁止使用自拍棒。

另外，曾因為被稱為「爆買」的大量採購，造成當地居民無法買到商品，也曾有人將拆開的包裝丟在機場，造成大量的垃圾，以至於得加派清掃人員。此外，由於大量的觀光客蜂擁而至，遊覽車及住宿飯店不足，據說也曾影響到學校的遠足、或是修學旅行（校外教學旅行）。外國觀光客的急速增加，曾帶來了這些意料之外的問題，但是現在有疫情，反而給觀光業帶來很大的打擊。

關鍵單字

	重音	日文	詞性	中文
1	0	訪日《ほうにち》	名	訪日
2	3	プロモーション	名	推廣
3	0	近隣《きんりん》	名	鄰近
4	1	ビザ	名	簽證
5	3	要件《ようけん》	名	條件
6	0	緩和《かんわ》する	動	鬆綁
7	0	円安《えんやす》	名	日幣貶值
8	8・0	新型《しんがた》コロナウイルス 感染症《かんせんしょう》	名	新冠肺炎
9	1・0	過去《かこ》 最高《さいこう》	名	史上最高
10	4	入《い》れ替《か》わる	動	排名順序起了變化
11	0	急増《きゅうぞう》	名	急遽增加
12		郷《ごう》に入《い》っては郷《ごう》に従《したが》え	ことわざ	入境隨俗
13	0 4	ことわざ	名	俗話、俚語
14	1	マナー	名	禮儀、規矩
15	0・0	土足《どそく》 厳禁《げんきん》	名	必須脫鞋
16	0	かけ湯《ゆ》	名	先將身體洗乾淨
17	1	湯船《ゆぶね》	名	浴池
18	4	記念撮影《きねんさつえい》	名	紀念照
19	1	線路《せんろ》	名	電車軌道
20	3	自撮《じど》り棒《ぼう》	名	自拍棒
21	0	ひかれる	動	被～撞倒
22	0	爆買《ばくが》い	名	爆買
23	3 0	地元《じもと》	名	當地
24	4	押《お》し寄《よ》せる	動	蜂擁而至
25	5	貸切《かしきり》バス	名	遊覽車

常用句型

1. 手《て》放《ばな》しで喜《よろこ》んではいられない：不能單純地樂觀看待、不能一開心就什麼都不管了

例1 観光客《かんこうきゃく》が増《ふ》えても手《て》放《ばな》しで喜《よろこ》んではいられない。

即使觀光客增加也不能單純地樂觀看待。

例2 健康診断《けんこうしんだん》で大《おお》きな問題《もんだい》がなかったからといって手《て》放《ばな》しで喜《よろこ》んではいられない。

就算健康檢查沒什麼大問題也不能單純地樂觀看待。

2. なりふり構《かま》わず：不顧一切、擅自

例1 なりふり構《かま》わずあちこちで借金《しゃっきん》をする。

不顧一切到處借錢。

例2 なりふり構《かま》わず他国《たこく》を侵略《しんりゃく》する。

不顧一切侵略別國。

3. ～ざるを得《え》ない：不得不～

例1 上司《じょうし》の娘《むすめ》さんの結婚式《けっこんしき》なので行《い》かざるを得《え》ない。

因為是上司女兒的婚禮，不得不去。

例2 健康《けんこう》のためお酒《さけ》をやめざるを得《え》ない。

為了健康，不得不戒酒。

大家討論

1. 「ビジット・ジャパン事《じ》業《ぎょう》」とは何《なん》ですか？

   「訪日旅行促進事業」是什麼？

2. 「爆《ばく》買《が》い」とは何《なん》ですか？

   「爆買」是什麼？

3. 外《がい》国《こく》人《じん》観《かん》光《こう》客《きゃく》が増《ふ》えて、どんな問《もん》題《だい》が起《お》こっていましたか？

   外國觀光客增加後，引發了什麼樣的問題？

4. 台《たい》湾《わん》では外《がい》国《こく》人《じん》観《かん》光《こう》客《きゃく》誘《ゆう》致《ち》のためにどんなプロモーションを行《おこな》っていますか？

   台灣有哪些吸引外國觀光客的推廣活動？

日本啥東西

修学旅行《しゅうがくりょこう》（修學旅行）

在日本，一般會有叫「修學旅行」的旅行。應該算是校外教學之一，並非畢業旅行，一般國小、國中、高中都有。其目的是要接觸一般在學校無法體驗的自然、文化等事物，及透過共同生活學習人與人之間如何相處。除了觀光勝地之外，也可能會去廟宇、神社、工廠、森林等地方。修學旅行結束後還要寫心得報告，不只是單純的玩樂而已。

▶作者小學時的「**修学旅行**」去別府（大分縣）。

14 シルバーウイーク

「敬老の日」是「シルバーウイーク」期間的國定假日。

14 シルバーウイーク

2015年《にせんじゅうごねん》に日付《ひづけ》の並《なら》びで6年《ろくねん》ぶりに秋《あき》の大《おお》型連休《がたれんきゅう》ができました。4月末《しがつまつ》から5月上旬《ごがつじょうじゅん》にかけての大型連休《おおがたれんきゅう》が「ゴールデンウイーク」と呼《よ》ばれるのに対《たい》し、この連休《れんきゅう》は「シルバーウイーク」と呼《よ》ばれています。2003年《にせんさんねん》に「ハッピーマンデー制度《せいど》」が導入《どうにゅう》され、「敬老《けいろう》の日《ひ》」が9月《くがつ》の第三月曜日《だいさんげつようび》に移動《いどう》してから、9月《くがつ》に三連休《さんれんきゅう》ができました。そして敬老《けいろう》の日《ひ》（月曜日《げつようび》）の翌々《よくよく》日《じつ》（水曜日《すいようび》）が都合《つごう》よく「秋分《しゅうぶん》の日《ひ》」になった場合《ばあい》、秋分《しゅうぶん》の日《ひ》の前日《ぜんじつ》の火曜日《かようび》も祝日《しゅくじつ》になり、土曜日《どようび》から水曜日《すいようび》までの五日《いつか》にわたる連休《れんきゅう》になったわけです。

飛石連休《とびいしれんきゅう》を解消《かいしょう》するため、祝日法《しゅくじつほう》が改正《かいせい》され、祝日《しゅくじつ》と祝日《しゅくじつ》にはさまれた日《ひ》は「国民《こくみん》の祝《しゅく》日《じつ》」として祝日《しゅくじつ》となるようになりました。それでゴールデンウイークの5月3日《ごがつみっか》の「憲法記念《けんぽうきねん》日《び》」と5日《いつか》の「こどもの日《ひ》」にはさまれた4日《よっか》は「国民《こくみん》の祝日《しゅくじつ》」（現在《げんざい》はみどりの日《ひ》）として祝日《しゅくじつ》になりました。そして敬老《けいろう》の日《ひ》と秋分《しゅうぶん》の日《ひ》がこのような日付《ひづけ》の並《なら》びになった場合《ばあい》、五《ご》連休《れんきゅう》になり、シルバーウイークになるわけです。次回《じかい》シルバーウイークがあるのは3年後《さんねんご》の2026年《にせんにじゅうろくねん》です。

ただ、この「シルバーウイーク」という言《こと》葉《ば》、2015年《にせんじゅうごねん》や2026年《にせんにじゅうろくねん》のように五連休《ごれんきゅう》にならなくても秋《あき》の連休《れんきゅう》として定着《ていちゃく》してきました。去年《きょねん》（２０２２年《にせんにじゅうにねん》）は祝日《しゅくじつ》となる敬老《けいろう》の日《ひ》が１９日《じゅうくにち》（月曜日《げつようび》）、秋分《しゅうぶん》の日《ひ》が２３日《にじゅうさんにち》（金《きん》曜日《ようび》）となり、二週間連続《にしゅうかんれんぞく》で周末《しゅうまつ》が三連休《さんれんきゅう》となるため、連休《れんきゅう》にはさまれた火曜日《かようび》から木曜日《もくようび》の三日間《みっかかん》を休《やす》みにすれば、九連休《きゅうれんきゅう》にすることも可《か》能《のう》です。かつては職場《しょくば》の同僚《どうりょう》に迷惑《めいわく》がかかるなどの理由《りゆう》で、有給休暇《ゆうきゅうきゅうか》を流《なが》す人《ひと》が多《おお》かったのですが、２０１９年《にせんじゅうきゅうねん》の法改正《ほうかいせい》で有休消化《ゆうきゅうしょうか》が義務《ぎむ》づけられました。このためシルバーウイークに有《ゆう》休《きゅう》を取《と》って連休《れんきゅう》を長《なが》くする人《ひと》もいるようです。

ところで台湾《たいわん》の観光地《かんこうち》ではおなじみの自撮《じど》り棒《ぼう》ですが、日本《にほん》では東京《とうきょう》ディズニーランドをはじめ、ＪＲ《じぇいあーる》西日本《にしにほん》の新幹線《しんかんせん》、在来線《ざいらいせん》の駅《えき》のホームなどで自撮《じど》り棒《ぼう》の使用《しよう》が全面禁止《ぜんめんきんし》されています。理由《りゆう》はほかの人《ひと》の迷惑《めいわく》になったりしてトラブルになるケースが増《ふ》えているからだそうです。背負《せお》ったバックやキャスター付《つ》きのトランクがほかの人《ひと》に接触《せっしょく》してトラブルになるケースも増《ふ》えているというので、注意《ちゅうい》が必要《ひつよう》ですね。

2022年　白銀週

日	一	二	三	四	五	六
11	12	13	14	15	16	17
18	19 敬老節	20	21	22	23 秋分	24
25	26	27	28	29	30	

▶２０２２年的白銀週被切割成兩個三連休。

白銀週

二〇一五年因為日期排列的關係，秋季的大型連續假期隔了六年才又出現。相對於四月底到五月上旬被稱為「黃金週」的大型連續假期，秋季的連假則被稱為「白銀週」。二〇〇三年時啟動了「週一放假制度」，將「敬老節」移至九月的第三個星期一，所以九月出現了三連休假期。然後，如果碰巧「敬老節」（星期一）的後兩天（星期三）遇到「秋分」的話，秋分前一天的星期二也調整成休假日，於是就形成橫跨星期六到星期三共五天的連續假期了。

為了解決連假不連續的問題，國定假日法規修法，將夾在國定假日與國定假日間的平常日訂為「國民的假日」這樣的假日。因此夾在黃金週的五月三日「憲法紀念日」和五月五日「兒童節」間的四日就成了「國民的假日（現在是綠之日）」了。接著，敬老節和秋分就像前述的日期排列般，出現了五連休，也就形成白銀週了。而下一次出現白銀週將會是三年後的二〇二六年。

不過這個「白銀週」一詞，即使沒有像二〇一五年或二〇二六年時那樣的五連休，也已經習慣指秋天的連續假期了。去年（二〇二二）國定假日的敬老節是十九日（星期一）、秋分則是二十三日（星期五），由於兩週連續有週末三連休，所以如果被兩個連休夾在中間的星期二到星期四請假三天，就會讓白銀週成為九連休了。過去因為怕給同事添麻煩等理由，很多人不敢請特休，但是經過二〇一九年的修法後，公司有義務讓員工請完特休，所以好像也有人為了使連假加長，配合這白銀週請特休。

不過，在台灣觀光地已不陌生的自拍棒，在日本以東京迪士尼樂園為首，JR西日本的新幹線、當地電車的月台等地已經禁止使用。理由據說是造成其他人困擾的糾紛不斷增加。因後背包及附輪的行李箱碰到其他人而引起糾紛的事件也增加了，所以大家要特別留意喔！

關鍵單字

	重音	日文	詞性	中文
1	[0]	並《なら》び	名	排列
2	[0]	呼《よ》ばれる	動	被稱為
3	[9]	ハッピーマンデー制度《せいど》	名	週一放假制度（快樂週一制度） ※ 英文：Happy Monday System
4	[0]	導入《どうにゅう》される	動	被導入
5	[6]	敬老《けいろう》の日《ひ》	名	敬老節
6	[3]・[3]	第三《だいさん》 月曜日《げつようび》	名	第三個星期一
7	[0][4]	翌々日《よくよくじつ》	名	後兩天
8	[6]	秋分《しゅうぶん》の日《ひ》	名	秋分
9	[0]	前日《ぜんじつ》	名	前一天
10	[0]	改正《かいせい》される	動	被修正
11	[3]	はさまれた	動	～之間的
12	[1]	かつて	副	過去
13	[0]	同僚《どうりょう》	名	同事
14	[1]・[2]	迷惑《めいわく》が かかる	連	給人添麻煩
15	[5]・[2]	有給休暇《ゆうきゅうきゅうか》を 流《なが》す	連	不請特休而到年底
16	[3]	法改正《ほうかいせい》	名	修法
17	[5]	有休消化《ゆうきゅうしょうか》	名	請完特休
18	[0]・[1]	有休《ゆうきゅう》を 取《と》る	連	請特休
19	[0]	おなじみ	名	不陌生
20	[0]	在来線《ざいらいせん》	名	JR 的非新幹線路線電車
21	[5]	全面禁止《ぜんめんきんし》される	動	完全被禁止
22	[1]・[1]	迷惑《めいわく》に なる	連	造成困擾
23	[2]	トラブル	名	糾紛
24	[2]	背負《せお》う	動	背著
25	[0]	接触《せっしょく》する	動	碰到（其他人、車等）

常用句型

1. 都合《つごう》よく：碰巧（有期望的含意）

例1 今回《こんかい》は都合《つごう》よく私《わたし》と娘《むすめ》の休《やす》みが重《かさ》なった。

這次碰巧我跟女兒的休假都是同一天。

例2 都合《つごう》よく有休《ゆうきゅう》が取《と》れた。

碰巧能夠請到特休。

2. （～が）定着《ていちゃく》する：（某種行為）已成為習慣了

例1 台湾《たいわん》では中秋節《ちゅうしゅうせつ》にバーベキューをする習慣《しゅうかん》が定着《ていちゃく》した。

在台灣中秋節時吃烤肉已成為習慣了。

例2 日本《にほん》でもようやくスマホが定着《ていちゃく》した。

在日本利用智慧型手機也終於成為習慣了。

3. ～が義務《ぎむ》づけられる：有義務做～

例1 法改正《ほうかいせい》で後部座席《こうぶざせき》もシートベルトの着用《ちゃくよう》が義務《ぎむ》づけられた。

經過修法，後座乘客也有義務繫安全帶。

例2 住宅用火災警報器《じゅうたくようかさいけいほうき》の設置《せっち》が義務《ぎむ》づけられている。

有安裝住宅用火災警報器的義務。

大家討論

1. 「シルバーウイーク」とは何《なん》ですか？

「白銀週」是什麼？

2. 「シルバーウイーク」にはどんな効果《こうか》があると思《おも》いますか？

您認為「白銀週」會帶來什麼樣的效果？

3. どうして「自撮《じど》り棒《ぼう》」の使用《しよう》が禁止《きんし》のところがありますか？

為什麼有的地方禁止使用「自拍棒」？

4. 台湾《たいわん》にはどんな連休《れんきゅう》がありますか？

在台灣有什麼樣的連假？

日本啥東西

ハッピーマンデー制度《せいど》（週一放假制度）

一九九〇年代，因應公家機關、學校及企業之週休二日越來越普及，因此如果部分國定假日能改成固定都在星期一，就會有三連休，於是一九九八年日本政府修法新增週一放假制度，將「成人《せいじん》の日《ひ》（成人節）」改為一月的第二個星期一、「体《たい》育《いく》の日《ひ》（體育節，現在是「スポーツの日《ひ》」）」則改為十月的第二個星期一，後來又把九月「敬老《けいろう》の日《ひ》（敬老節）」及七月的「海《うみ》の日《ひ》（海之日）」也納入。

▶利用連休，作者父母去門司港（福岡縣）旅遊。

15 過《か》剰《じょう》反《はん》応《のう》社《しゃ》会《かい》

學校也會有「過剰反応」的家長。

15 過剰反応社会《かじょうはんのうしゃかい》

皆《みな》さんは「過剰反応社会《かじょうはんのうしゃかい》」という言葉《ことば》を聞《き》いたことがありますか？消費者《しょうひしゃ》や保護者《ほごしゃ》などが過剰《かじょう》に反応《はんのう》しクレームを付《つ》け、お店《みせ》や学校側《がっこうがわ》もそれに過剰《かじょう》に反応《はんのう》して対応《たいおう》をしてしまう社会現象《しゃかいげんしょう》のことです。常識《じょうしき》を逸脱《いつだつ》したクレームを付《つ》ける「クレーマー」と呼《よ》ばれる消費者《しょうひしゃ》や「モンスターペアレンツ」と呼《よ》ばれる保護者《ほごしゃ》、そしてネットで大量《たいりょう》の批判《ひはん》の書《か》き込《こ》みが集中《しゅうちゅう》する「炎上《えんじょう》」に神経《しんけい》を使《つか》わなければならなくなっています。

過去《かこ》にビールの業界団体《ぎょうかいだんたい》は、テレビCM《しーえむ》で消費者《しょうひしゃ》の「ビールを飲《の》みたい」という欲望《よくぼう》を煽《あお》る「ごくごく」という効果音《こうかおん》の自粛《じしゅく》を決《き》めたことがあります。アルコール依存症《いぞんしょう》の人《ひと》などに配慮《はいりょ》しての決定《けってい》だそうです。また、最近《さいきん》ではロシア軍《ぐん》のウクライナ侵攻《しんこう》を受《う》け、駅《えき》の「ロシア語《ご》」の案内表示《あんないひょうじ》に「不快《ふかい》だ」との声《こえ》が多数寄《たすうよ》せられ、鉄道会社《てつどうがいしゃ》がその声《こえ》に配慮《はいりょ》し、「調整中《ちょうせいちゅう》」の張《は》り紙《がみ》をしてロシア語《ご》を見《み》えなくしました。しかしこれには逆《ぎゃく》に「過剰反応《かじょうはんのう》」だとの声《こえ》も上《あ》がり、この張《は》り紙《がみ》は外《はず》されたそうです。

こうした「過剰反応《かじょうはんのう》」は商品《しょうひん》やサービスだけでなく、すでに教育現場《きょういくげんば》にも広《ひろ》がっているそうです。「行《い》ったことがある」という理由《りゆう》から、修学旅行《しゅうがくりょこう》の目的地《もくてきち》の変更《へんこう》を保護者《ほごしゃ》に要求《ようきゅう》されたケースがあるといいます。また、学芸会《がくげいかい》で「桃《もも》太郎《たろう》」を上演《じょうえん》することになったら、保護者《ほごしゃ》から

「うちの子《こ》どもが主役《しゅやく》にならないなら欠席《けっせき》させる」といった連絡《れんらく》が多数《たすう》あり、結局《けっきょく》、16人《じゅうろくにん》の桃太郎《ももたろう》が登場《とうじょう》する滑稽《こっけい》な「桃太郎《ももたろう》」を上演《じょうえん》せざるを得《え》なくなったケースもあるそうです。

ある専門家《せんもんか》は、企業《きぎょう》や学校《がっこう》が断固《だんこ》とした態度《たいど》で取《と》り組《く》まないと、こうした非常識《ひじょうしき》な要求《ようきゅう》がエスカレートしていき、数《すう》パーセントのクレーマーの対処《たいしょ》に多《おお》くの労力《ろうりょく》を使《つか》わなければならない事態《じたい》が起《お》こってしまうと警鐘《けいしょう》を鳴《な》らしています。過去《かこ》に自然動物園《しぜんどうぶつえん》の赤《あか》ちゃんザルに「シャーロット」とイギリスの王女《おうじょ》と同《おな》じ名前《なまえ》を付《つ》けたことから、ネットで「イギリス王室《おうしつ》に失礼《しつれい》」だと批判《ひはん》が高《たか》まりましたが、自然動物園側《しぜんどうぶつえんがわ》がイギリス側《がわ》に確認《かくにん》したところ「ノーコメント」との回《かい》答《とう》を得《え》たため、赤《あか》ちゃんザルの名前《なまえ》を変更《へんこう》しないことに決《き》めました。なかなか難《むずか》しい問題《もんだい》ですね。

▶高崎山自然動物園（大分縣）的猴子親子。

過度反應社會

大家有聽過「過度反應社會」一詞嗎？指的是消費者或家長因過度反應而提出抱怨，而店家或學校方面對那樣的抱怨也採取過度反應對策的一種社會現象。客訴內容無限上綱被稱為「奧客」的消費者，或是被稱為「恐龍家長」的家長，以及在網路上集中大量批判性留言的「引爆話題」，都令人感到恐懼、不得不繃緊神經。

過去啤酒相關的商業公會表示過，電視廣告中出現的「咕嚕咕嚕」音效，會點燃消費者「想喝啤酒」的慾望，因此主動限制該音效。據說這是考慮到酒精中毒者所做的決定。另外，最近因為俄羅斯軍入侵烏克蘭，聽說不少人反應看到車站的「俄文」指示牌會覺得「不舒服」，而鐵路公司考慮到這些反應，便張貼「調整中」的紙讓俄文看不到。不過反而激起「過度反應」的聲浪，最後鐵路公司拿掉了這張紙。

像這樣的過度反應並不止於商品或服務，聽說也已經擴及到教育第一線。有家長以「去過了」為理由，要求學校更改修學旅行（校外教學旅行）的目的地。還有據說學校的表演活動決定演出「桃太郎」之後，有很多家長告知學校「如果我家小孩不是演主角的話就不出席」，結果不得不上演了一部有十六個桃太郎的滑稽「桃太郎」。

有專家警告，企業或學校等再不採取強硬態度的話，這些超乎常理的要求只會更多更嚴重，最終導致為了處理僅僅不到幾個百分比的奧客，卻耗費過多人力的窘境。過去曾有因為將自然公園的小猴子取了和英國公主「夏洛特」相同的名字，而在網路上出現「對英國皇室很沒禮貌」的批判聲浪，但是因為自然公園和英國方面確認，且得到「沒意見」的回覆，所以決定不更改小猴子的名字。這還真是相當困難的問題呢！

關鍵單字

	重音	日文	詞性	中文
1	[4]	過剰反応《かじょうはんのう》	名	過度反應
2	[2]	保護者《ほごしゃ》	名	家長
3	[0][2]	クレーム	名	抱怨
4	[0]	クレーマー	名	奧客
5	[6]	モンスターペアレンツ	名	恐龍家長、怪獸家長
6	[0]	書《か》き込《こ》み	名	留言
7	[1]・[0]	神経《しんけい》を 使《つか》う	連	繃緊神經
8	[5]	業界団体《ぎょうかいだんたい》	名	商業公會
9	[4]	テレビ CM《しーえむ》	名	電視廣告
10	[2]	煽《あお》る	動	點燃、煽動
11	[3]	効果音《こうかおん》	名	音效
12	[0]	自粛《じしゅく》	名	主動限制
13	[7][0]	アルコール依存症《いぞんしょう》	名	酒精中毒
14	[1]	配慮《はいりょ》する	動	考慮到
15	[0]	侵攻《しんこう》	名	入侵
16	[5]	案内表示《あんないひょうじ》	名	指示牌
17	[2][0]	不快《ふかい》	な形	不舒服的
18	[0]	逆《ぎゃく》に	副	反而
19	[0]	現場《げんば》	名	第一線
20	[3]	学芸会《がくげいかい》	名	（由學生演出的）表演活動
21	[0]	専門家《せんもんか》	名	專家
22	[1]	断固《だんこ》	副	強硬
23	[1]	労力《ろうりょく》	名	人力
24	[0]・[0]	警鐘《けいしょう》を 鳴《な》らす	連	警告
25	[3]	ノーコメント	名	沒意見

常用句型

1. クレームを付《つ》ける（他動詞）、クレームが入《はい》る（自動詞）：抱怨、有客訴

例1 彼《かれ》はお店《みせ》に<u>クレームを付《つ》けた</u>。

他向店家抱怨。

例2 <u>クレームが入《はい》ったら</u>、上司《じょうし》に報告《ほうこく》しなければならない。

一旦有客訴，就必須要上呈。

2. 常識《じょうしき》を逸脱《いつだつ》した：離經叛道

例1 彼《かれ》の<u>常識《じょうしき》を逸脱《いつだつ》した</u>行為《こうい》にみんな呆《あき》れていた。

對他離經叛道的行為，大家都不禁為之瞠目結舌。

例2 <u>常識《じょうしき》を逸脱《いつだつ》した</u>新製品《しんせいひん》をリリースする。

推出離經叛道的新商品。

3. ～で取《と》り組《く》む：採取～

例1 問題解決《もんだいかいけつ》に毅然《きぜん》とした態度《たいど》<u>で取《と》り組《く》む</u>。

採取堅定的態度解決問題。

例2 仕事《しごと》に本気《ほんき》<u>で取《と》り組《く》む</u>。

採取認真態度工作。

大家討論

1. 「過剰反応社会《かじょうはんのうしゃかい》」とは何《なん》ですか？

「過度反應社會」是什麼？

2. 「クレーマー」「モンスターペアレンツ」とはどんな人《ひと》のことですか？

「奧客」、「恐龍家長」指的是怎麼樣的人？

3. 「過剰反応《かじょうはんのう》」にはどのように対応《たいおう》したらいいと思《おも》いますか？

您認為如何對應「過度反應」比較好？

4. 台湾《たいわん》にも「過剰反応《かじょうはんのう》」がありますか？

在台灣也有「過度反應」嗎？

日本啥東西

学芸会《がくげいかい》（學校表演活動）

學校課外教學的一種，以舞台劇、合唱為主的表演活動，通常以班級為單位表演，從企劃到練習、表演當天都由學生主導進行。此表演活動還有另一層意義，就是透過「学芸会《がくげいかい》」準備的過程，同學們可以學習平時課程比較無法接觸到的共同合作精神等。早期還能讓家長及社區民眾藉由觀看此表演，了解學校教育的狀況。

▶作者小學時在「学芸会」表演口風琴演奏。

16 プレミアム付《つ》き商《しょう》品《ひん》券《けん》

可以使用「プレミアム商品券」的店家廣告旗幟。

16 プレミアム付《つ》き商品券《しょうひんけん》

かつて日本《にほん》で争奪戦《そうだつせん》が繰《く》り広《ひろ》げられた「プレミアム付《つ》き商品券《しょうひんけん》」。2014年《にせんじゅうよねん》4月《しがつ》の消費税《しょうひぜい》率《りつ》引《ひ》き上《あ》げによる消費《しょうひ》の落《お》ち込《こ》みを解消《かいしょう》し、地元消費《じもとしょうひ》の拡大《かくだい》と地域経済《ちいきけいざい》の活性化《かっせいか》に役立《やくだ》てようと国《くに》が交付金《こうふきん》を地方《ちほう》に支給《しきゅう》するという形《かたち》で立《た》ち上《あ》げられた事業《じぎょう》です。購入価格《こうにゅうかかく》が額面《がくめん》を数割下《すうわりした》回《まわ》るプレミアム付《つ》き商品券《しょうひんけん》が各地《かくち》で発行《はっこう》されました。

例《たと》えば額面《がくめん》が12000円《いちまんにせんえん》分《ぶん》の商品券《しょうひんけん》を10000円《いちまんえん》で購入《こうにゅう》できたりし、お得感《とくかん》が高《たか》いため、販売前《はんばいまえ》から長蛇《ちょうだ》の列《れつ》ができるところ、販売開始《はんばいかいし》からわずか数秒《すうびょう》で完売《かんばい》してしまういわゆる秒殺《びょうさつ》も見受《みう》けられました。また、商品券《しょうひんけん》は使用条件《しようじょうけん》があり、各市町村《かくしちょうそん》など特定《とくてい》のエリアでしか使用《しよう》できないため、地域活性化《ちいきかっせいか》の起爆剤《きばくざい》になるのではないかと期待《きたい》の声《こえ》も上《あ》がりました。

このプレミアム付《つ》き商品券《しょうひんけん》、問題《もんだい》がないわけではありません。一人《ひとり》で大量《たいりょう》に購入《こうにゅう》する人《ひと》がいたり、より多《おお》くの人《ひと》が購入《こうにゅう》できるように一世帯《ひとせたい》100万円分《ひゃくまんえんぶん》までという制限《せいげん》を設《もう》けても、制限額《せいげんがく》の100万円分《ひゃくまんえんぶん》を購入《こうにゅう》する人《ひと》が続出《ぞくしゅつ》し、購入《こうにゅう》できる人《ひと》が一部《いちぶ》に限《かぎ》られてしまったりするケースもありました。また、ネットオークションなどでの転売《てんばい》をする人《ひと》もいて、税金《ぜいきん》が無駄《むだ》に使《つか》われていると問題視《もんだいし》されました。購入価格《こうにゅうかかく》を上回《うわまわ》るプレミアム分《ぶん》は国《くに》からの交付金《こうふきん》でまかなわれていたためです。

似《に》たような政策《せいさく》として、1999年《せんきゅうひゃくきゅうじゅうきゅうねん》に「地《ち》域振興券《いきしんこうけん》」というのが発行《はっこう》されました。バブル崩壊後《ほうかいご》、景気刺激策《けいきしげきさく》として減税《げんぜい》などが実施《じっし》されましたが、減税分《げんぜいぶん》を貯蓄《ちょちく》に回《まわ》す人《ひと》が多《おお》かったため、消費《しょうひ》の刺激《しげき》にはつながりませんでした。それで2万円分《にまんえんぶん》の地域振興券《ちいきしんこうけん》が発行《はっこう》されたのですが、本来使《ほんらいつか》うべきお金《かね》を地域振興券《ちいきしんこうけん》が肩代《かたが》わりし、2万円《にまんえん》が結局貯蓄《けっきょくちょちく》に回《まわ》されてしまいあまり効果《こうか》がなかったのではないかとの見方《みかた》もありました。このプレミアム付《つ》き商品券《しょうひんけん》も消費税《しょうひぜい》の増《ぞう》税前《ぜいまえ》の駆《か》け込《こ》み需要《じゅよう》と同《おな》じで、一時的《いちじてき》な効果《こうか》しかないだろうとの声《こえ》も上《あ》がりました。

▶歡迎使用「プレミアム付商品券」的海報。

附加額外價值的商品券

日本曾經展開過一場「附加額外價值的商品券」爭奪戰。這是政府為了提高二〇一四年四月起因調升消費稅率而低下的消費意願，擴大在地消費和期望促進地區經濟的活化，中央撥款給各地方政府使用而實施的政策。在各地發行了購入價格比票面價格便宜幾成的「附加額外價值的商品券」。

舉例來說，比如票面價格是一萬兩千日圓，用一萬日圓即可購買，因為感覺非常超值，所以有些地方在開始發行前就大排長龍，也看到有些僅僅幾秒鐘就銷售一空，即所謂的秒殺。這些商品券的使用是有條件的，由於只能在特定的各市、鎮、村等區域使用，因此有不少人期待這會成為促進地區活絡的引信。

這些附加額外價值的商品券也並不是完全沒有問題。像是有人一次大量購買，也有雖然設定每戶購買額度上限為一百萬日圓，好讓更多人有機會購買，但陸續出現直接購買上限一百萬日圓的人，使得可購買人數備受限制這樣的案例。另外，也有人在網路上拍賣轉售，使得稅金被浪費的問題也不可輕忽。因為超出票面價格的額外價值部分，是由國家撥給地方政府的款項來補貼的。

在一九九九年曾發行的「地域振興券」也是一個類似的政策。這是泡沫經濟瓦解後，為了刺激景氣實施了減稅之類的政策，但很多人是把減免的部分儲蓄起來，並沒刺激到消費。於是發行了兩萬日圓的「地域振興券」，本來是應該使用的金錢，只不過是以「地域振興券」來取代，轉來轉去結果還是存起來，部分看法認為成效不佳。這個「附加額外價值的商品券」也是在消費稅調高前的一時性的消費需求，引發了質疑效果只是一時的聲浪。

MP3-32

關鍵單字

	重音	日文	詞性	中文
1	0 2	プレミアム	名	額外價值、超值
2	0 4	争奪戦《そうだつせん》	名	爭奪戰
3	3	商品券《しょうひんけん》	名	商品券
4	3	消費税《しょうひぜい》	名	消費稅（相當於營業稅）
5	0	落《お》ち込《こ》み	名	低下
6	0	交付金《こうふきん》	名	國家撥給地方政府的款項
7	0	支給《しきゅう》する	動	撥款
8	0	数割《すうわり》	名	幾成
9	0 4	下回《したまわ》る	動	低於
10	3	お得感《とくかん》	名	超值感
11	1・1	長蛇《ちょうだ》の 列《れつ》	連	大排長龍
12	3	いわゆる	連体詞	所謂
13	0	秒殺《びょうさつ》	名	僅僅幾秒鐘、秒殺
14	0	起爆剤《きばくざい》	名	引信
15	3	一世帯《ひとせたい》	名	每戶
16	0	続出《ぞくしゅつ》する	動	陸續出現
17	4	ネットオークション	名	網路上拍賣
18	0	転売《てんばい》	名	轉售
19	3	問題視《もんだいし》される	動	問題不可輕忽、被視為問題
20	1・0	バブル 崩壊《ほうかい》	名	泡沫經濟瓦解
21	6	景気刺激策《けいきしげきさく》	名	刺激景氣政策
22	0	回《まわ》す	動	轉到
23	0	つながる	動	影響到
24	5	駆《か》け込《こ》み需要《じゅよう》	名	一時性消費需求（常用於漲價前的需求）
25		声《こえ》が上《あ》がる	慣用句	意見反應

常用句型

1. ～が繰《く》り広《ひろ》げられる：展開了～

例 1　川辺《かわべ》で花火《はなび》イベントが繰《く》り広《ひろ》げられた。

在河邊展開了煙火活動。

例 2　熱《あつ》い討論《とうろん》が繰《く》り広《ひろ》げられた。

展開了熱烈討論。

2. ～でまかなわれる：由～來補貼

例 1　国《くに》からの交付金《こうふきん》でまかなわれている。

由國家撥給地方政府的款項來補貼。

例 2　イベントの費用《ひよう》の一部《いちぶ》は税金《ぜいきん》でまかなわれている。

部分活動經費由税金來補貼。

3. 肩代《かたが》わり（を）する：取代、承擔、還清（常用於金錢方面的事）

例 1　母親《ははおや》が息子《むすこ》の借金《しゃっきん》の肩代《かたが》わりをする。

母親為兒子還清債務。

例 2　社員《しゃいん》が会社《がいしゃ》の支払《しはら》いを一時的《いちじてき》に肩代《かたが》わりする。

暫時由員工代墊公司的欠款。

大家討論

1. 「プレミアム付《つ》き商品券《しょうひんけん》」とは何《なん》ですか？

「附加額外價值的商品券」是什麼？

2. どうして「プレミアム付《つ》き商品券《しょうひんけん》」が発行《はっこう》されましたか？

為什麼要發行「附加額外價值的商品券」？

3. 「プレミアム付《つ》き商品券《しょうひんけん》」について、どんな問題《もんだい》が起《お》こりましたか？

針對「附加額外價值的商品券」，引發了什麼樣的問題？

4. 台湾《たいわん》にも似《に》たような政策《せいさく》がありますか？

在台灣是不是也有類似的政策？

日本啥東西

商品券《しょうひんけん》（禮券）

日本禮券的歷史超過百年，根據日本國稅廳租稅史料室所藏的資料顯示，早在江戶時代就有，不過當時都叫「切手《きって》（也有「郵票」之意）」或「手形《てがた》（也有「本票」之意）」，且其功能與現在稍微不同，類似商品兌換券：例如一八三二年江戶（現在的東京）商人發行的「切手《きって》」是柴魚的兌換券，一般用於喜事送禮。直到一八九〇年左右才出現「商品券《しょうひんけん》」的名稱，其功能與現在相同，也常用於喜事送禮。目前除了百貨公司、連鎖超市等零售業之外，VISA、JCB等信用卡發卡組織也有發行。

▶井筒屋百貨公司的1000日圓等值「商品券」。

17 新《しん》語《ご》・流《りゅう》行《こう》語《ご》大《たい》賞《しょう》

2021 年的「新語・流行語大賞」與東京奧運有關的詞彙引人注目。

17 新語《しんご》・流行語大賞《りゅうこうごたいしょう》

年《とし》の瀬《せ》も押《お》し迫《せま》る12月《じゅうにがつ》は「師走《しわす》」とも言《い》われ、新《あら》たな年《とし》を迎《むか》える準備《じゅんび》で慌《あわ》ただしくなります。それと同時《どうじ》に今年一年《ことしいちねん》を振《ふ》り返《かえ》る時期《じき》でもあり、テレビや雑誌《ざっし》などで今年《ことし》の出来事《できごと》をまとめた特集《とくしゅう》があったりします。その中《なか》でその年《とし》の日本《にほん》の世相《せそう》を反映《はんえい》しているといえるのが、毎年《まいとし》この時期《じき》に発表《はっぴょう》される「新語《しんご》・流行語大賞《りゅうこうごたいしょう》」や「今年《ことし》の漢字《かんじ》」です。後者《こうしゃ》は毎年《まいとし》12月《じゅうにがつ》12日《じゅうににち》に京都《きょうと》の清水寺《きよみずでら》で発表《はっぴょう》されていますが、前者《ぜんしゃ》は1日《ついたち》に発表《はっぴょう》されています。

「新語《しんご》・流行語大賞《りゅうこうごたいしょう》」は年《ねん》に一回発行《いっかいはっこう》される現代人《げんだいじん》に必要《ひつよう》な用語《ようご》などを解説付《かいせつつ》きでまとめた新語《しんご》・新知識事典《しんちしきじてん》「現代用語《げんだいようご》の基礎知識《きそちしき》」の読者審査員《どくしゃしんさいん》によるアンケートで上位《じょうい》にランキングされたノミネート語《ご》の中《なか》から、ユーキャン新《しん》語流行語大賞審査委員会《ごりゅうこうごたいしょうしんさいいんかい》が選出《せんしゅつ》したトップテン語《ご》、年間大賞語《ねんかんたいしょうご》のことです。一昨年《いっさくねん》（2021《にせんにじゅういち》年《ねん》）大賞《たいしょう》に選《えら》ばれたのは、米《べい》メジャーリーグのロサンゼルス・エンゼルスで投手《とうしゅ》、打者《だしゃ》の「二《に》刀流《とうりゅう》」として活躍《かつやく》する大谷翔平選手《おおたにしょうへいせんしゅ》にちなんだ「リアル二刀流《にとうりゅう》／ショータイム」です。

この年《とし》トップテン入《い》りした言葉《ことば》は、新型《しんがた》コロナウイルス感染症《かんせんしょう》、そして東京《とうきょう》オリンピック、東京《とうきょう》パラリンピックに関《かん》するものが目立《めだ》っています。まず、人《ひと》の流《なが》れを指《さ》す「人流《じんりゅう》」、「マスク会食《かいしょく》」の呼《よ》びかけに応《おう》じて黙々《もくもく》と食《た》べる

「黙食《もくしょく》」は、感染《かんせん》予防《よぼう》のキーワードとしてよく使《つか》われました。また、「ゴン攻《ぜ》め／ビッタビタ」は、オリンピックの新競技《しんきょうぎ》「スケートボード」の技名《わざめい》をわかりやすく表現《ひょうげん》した言葉《ことば》、「スギムライジング」は、パラリンピックの競技《きょうぎ》、「ボッチャ」での杉村英孝選手《すぎむらひでたかせんしゅ》の巧《たく》みなボールのコントロールの愛称《あいしょう》です。それから「ぼったくり男爵《だんしゃく》」は、米紙《べいし》の電子版《でんしばん》がコロナ禍《か》でオリンピックを開催《かいさい》する国際《こくさい》オリンピック委員会《いいんかい》（IOC《あいおーしー》）のバッハ会長《かいちょう》を指《さ》した言葉《ことば》の和訳《わやく》です。

このほか、過激《かげき》な歌詞《かし》が話題《わだい》になったAdo《あど》の「うっせえわ」、自分《じぶん》の親《おや》を選《えら》べないことをガチャガチャに例《たと》えた「親《おや》ガチャ」、性別《せいべつ》にかかわらず平等《びょうどう》であることを意味《いみ》する「ジェンダー平等《びょうどう》」、1990年代後半《せんきゅうひゃくきゅうじゅうねんだいこうはん》から2000年代《にせんねんだい》に生《う》まれた世代《せだい》を指《さ》す「Z世代《ぜっとせだい》」がトップテン語《ご》に選《えら》ばれました。日本《にほん》では毎年次々《まいとしつぎつぎ》と新《あたら》しい言葉《ことば》が登場《とうじょう》していますが、あなたはどれだけ知《し》っていましたか？

▶原本「二刀流」指的是會用兩把刀的武士（圖為作者）。

新語・流行語大賞

年關將至的十二月又被稱為「師走」，是為了準備迎接新年到來而忙碌的時節。與此同時也是回顧今年一年的時候，電視節目、雜誌等都有彙整全年發生的大小事特集。其中，可以說是反映這一年日本社會百態的，就是每年這個時期所發表的「新語・流行語大賞」及「今年的漢字」了。後者會於每年十二月十二日在京都清水寺發表，而前者則在每年十二月一日發表。

「新語・流行語大賞」是由「ユーキャン（U-CAN）」新語流行大賞審查委員會，從每年發行一次、網羅現代人所需用語且附帶解說的新語、新知字典——《現代用語的基礎知識》讀者審查員意見調查中位居前幾名的入選詞彙，選出當年前十名流行語以及年度大賞用語。前年（二〇二一年）獲得大賞的，是與以投打雙修「二刀流」活躍於美國職棒大聯盟洛杉磯天使隊的大谷翔平選手有關的「真實二刀流／表演時間」。

這一年進入前十名的詞彙中，以新冠肺炎，以及與東京奧運、東京帕運相關的最引人注目。首先，指人潮移動的「人流」、呼應「戴口罩聚餐」默默吃飯的「默食」是常用於防疫的關鍵詞。然後「展開高度技巧／成功展開技巧」是把這次奧運的新項目「滑板」的技術用語，以比較通俗易懂的語言來解釋的詞彙，「杉村技巧」則是形容帕運項目「地板滾球」中，杉村英孝選手使出靈巧控制球技巧的暱稱。另外，「暴利男爵」是美國報紙的電子版報導時，形容疫情下要舉辦奧運的IOC會長巴赫的英文日譯。

除了這些之外，由Ado所唱、因激烈歌詞蔚為話題的〈吵死了〉，把小孩無法選擇父母形容成扭蛋的「父母扭蛋」，意味著無論什麼性別都平等的「社會性別平等」，意指從一九九〇年代後半到二〇〇〇年代出生的「Z世代」也成為前十名。在日本，每年陸續出現的新詞彙，你知道幾個呢？

關鍵單字

	重音	日文	詞性	中文
1	0	年《とし》の瀬《せ》	名	年關
2	5	慌《あわ》ただしい	い形	忙碌的
3	2	出《で》来《き》事《ごと》	名	（發生的）事件
4	0	まとめる	動	網羅、總結
5	0 2	世《せ》相《そう》	名	社會百態
6	3	審《しん》査《さ》員《いん》	名	評審
7	1	ランキング	名	排行榜
8	1	米《べい》	名	美國（簡稱）
9	4	メジャーリーグ	名	美國大聯盟
10	0	二《に》刀《とう》流《りゅう》	名	雙刀流、投球與打擊都能兼任
11	4	オリンピック	名	奧運
12	5	パラリンピック	名	帕運
13	5	黙々《もくもく》と	副	默默地
14	0	感《かん》染《せん》	名	傳染
15	1	競《きょう》技《ぎ》	名	運動項目
16	0	技《わざ》名《めい》	名	技巧名稱
17	0 1	巧《たく》み	な形	靈巧的
18	0	愛《あい》称《しょう》	名	暱稱、綽號
19	1	米《べい》紙《し》	名	美國報紙
20	3	コロナ禍《か》	名	新冠肺炎疫情
21	0	和《わ》訳《やく》	名	日譯
22	0	過《か》激《げき》	な形	激烈的
23	3	うっせぇわ		「うるさいよ（囉嗦）」的口語粗魯説法
24	0	ガチャガチャ	名	扭蛋
25	1	ジェンダー	名	性別、社會性別

常用句型

1. ～を振《ふ》り返《かえ》る：回顧

例1 過去《かこ》の試合《しあい》を振《ふ》り返《かえ》る。

回顧過去的比賽。

例2 若《わか》い頃《ころ》を振《ふ》り返《かえ》る。

回顧年輕時代。

2. ～にちなんだ：與～有關

例1 お祭《まつ》りにちなんだ料理《りょうり》です。

與慶典活動有關的料理。

例2 日本人《にほんじん》にちなんだ名前《なまえ》を付《つ》ける。

取與日本人有關的名稱。

3. ～の呼《よ》びかけに応《おう》じて～：響應～而～

例1 募金《ぼきん》の呼《よ》びかけに応《おう》じて募金《ぼきん》をする。

響應募款而捐款。

例2 ボランティア募集《ぼしゅう》の呼《よ》びかけに応《おう》じて応募《おうぼ》する。

響應徵招志工而報名。

大家討論

1. 「新語《しんご》・流行語大賞《りゅうこうごたいしょう》」とは何《なん》ですか？

「新語・流行語大賞」是什麼？

2. 今年《ことし》はどんな言葉《ことば》が選《えら》ばれましたか？

今年什麼樣的詞彙被選出了呢？

3. どうしてそれらの言葉《ことば》が選《えら》ばれたと思《おも》いますか？

您覺得為什麼那些詞彙會被選上？

4. 台湾《たいわん》では今年《ことし》どんな言葉《ことば》がはやりましたか？

今年在台灣流行什麼樣的詞彙？

日本啥東西

今年《ことし》の漢字《かんじ》（今年的漢字）

一九九五年起，由「日本漢字能力檢定協會」舉辦、每年十二月十二日在京都清水寺發表的「今年的漢字」，是向民眾募集「用一個漢字來形容該年」的活動，其中最多被選上的漢字是「金」，都是舉辦奧運的那一年被選上的。

▶歷年「今年の漢字」反應了該年的日本社會百態。

以下為各年被選上的漢字：

1995年	震	跟阪神・淡路大震災有關	2009年	新	跟政黨輪替有關
1996年	食	跟集體食物中毒有關	2010年	暑	跟氣溫創新高有關
1997年	倒	跟大公司倒閉潮有關	2011年	絆	跟東日本大震災有關
1998年	毒	跟和歌山毒咖哩事件有關	2012年	金	跟奧運有關
1999年	末	跟1900年代末年有關	2013年	輪	跟決定辦東奧（五輪）有關
2000年	金	跟奧運有關	2014年	税	跟調升消費稅有關
2001年	戦	跟美國911恐攻事件有關	2015年	安	跟安全保障相關法有關
2002年	帰	跟被北韓綁架日本人返國有關	2016年	金	跟奧運有關
2003年	虎	跟職棒阪神虎隊獲冠軍有關	2017年	北	跟北韓發射飛彈有關
2004年	災	跟地震水災等自然災害有關	2018年	災	跟地震水害等自然災害有關
2005年	愛	跟舉辦愛・地球博（世博）有關	2019年	令	跟令和元年有關
2006年	命	跟悠仁親王誕生有關	2020年	密	跟因疫情迴避「三密」有關
2007年	偽	跟食品相關偽造事件有關	2021年	金	跟奧運有關
2008年	変	跟美國歐巴馬總統口號有關	2022年	戦	跟烏克蘭戰爭、北韓發射導彈有關

18 世《せ》界《かい》遺《い》産《さん》

「明治日本の産業革命遺産」之一「三池炭鉱」的宮原坑。

18 世界遺産《せかいいさん》

2015年7月5日《にせんじゅうごねんしちがついつか》、「明治日本《めいじにほん》の産業革命《さんぎょうかくめい》遺産《いさん》」が日本《にほん》で19件目《じゅうきゅうけんめ》となる世界遺産《せかいいさん》に登録《とうろく》されました。この世界遺産《せかいいさん》は、北《きた》は岩手《いわて》から南《みなみ》は鹿児島《かごしま》まで、九州《きゅうしゅう》5県《ごけん》と山口《やまぐち》、静岡《しずおか》、岩手《いわて》の計8県《けいはちけん》にまたがる23施設《にじゅうさんしせつ》で構成《こうせい》されています。こうした場所《ばしょ》の異《こと》なる複数《ふくすう》の関連性《かんれんせい》のある施設《しせつ》を世界遺産《せかいいさん》に推薦《すいせん》することを「シリアル・ノミネーション」といい、日本《にほん》では初《はじ》めてのケースでした。

明治維新《めいじいしん》が起《お》こり、武士《ぶし》の時代《じだい》に終止符《しゅうしふ》が打《う》たれると、日本《にほん》では急速《きゅうそく》な近代化《きんだいか》が進《すす》みました。この近代化《きんだいか》のプロセスを「明治日本《めいじにほん》の産業《さんぎょう》革命遺産《かくめいいさん》」から垣間見《かいまみ》ることができます。まず、幕末《ばくまつ》に吉田松陰《よしだしょういん》が長州《ちょうしゅう》（現《げん》・山口県《やまぐちけん》）で開《かい》設《せつ》した私塾《しじゅく》「松下村塾《しょうかそんじゅく》」（同萩市《どうはぎし》）では、人材《じんざい》の育成《いくせい》がなされました。そして資源供給《しげんきょうきゅう》の拡大《かくだい》のため、「三池炭鉱《みいけたんこう》」（福岡県大牟田市《ふくおかけんおおむたし》、熊本《くまもと》県荒尾市《けんあらおし》）や「高島炭鉱《たかしまたんこう》」「端島炭鉱《はしまたんこう》」（以上《いじょう》長崎市《ながさきし》）などが相次《あいつ》いで開山《かいざん》し、「官営八幡製《かんえいやはたせい》鐵所《てつしょ》」（福岡県北九州市《ふくおかけんきたきゅうしゅうし》）、「三菱長崎造船《みつびしながさきぞうせん》所《しょ》」（長崎市《ながさきし》）などの工場《こうじょう》が稼働《かどう》したのです。

この世界遺産登録《せかいいさんとうろく》については、世界遺産委員《せかいいさんいいん》の韓国《かんこく》からの横《よこ》やりが入《はい》り、すったもんだがありました。そのせいで登録《とうろく》の審議《しんぎ》に遅《おく》れが出《で》て、登録決定《とうろくけってい》がずれ込《こ》んでしまいました。韓国《かんこく》側《がわ》の言《い》い分《ぶん》は、日本《にほん》が推薦《すいせん》する施設《しせつ》の中《なか》には朝《ちょう》

＊「官営八幡製鐵所」的「製鐵所」是公司名稱，一般「製鐵所」通常寫「製鉄所」。

鮮人《せんじん》の強制徴用《きょうせいちょうよう》が行《おこな》われたものもあり、納得《なっとく》できないというのです。韓国側《かんこくがわ》は「強制徴用《きょうせいちょうよう》」の文言《もんごん》を盛《も》り込《こ》むように日本側《にほんがわ》に強《つよ》く要求《ようきゅう》していたようです。

世界遺産登録決定後初《せかいいさんとうろくけっていごはじ》めての週末《しゅうまつ》を迎《むか》えた各《かく》施設《しせつ》では、いつもよりも多《おお》くの観光客《かんこうきゃく》が押《お》し寄《よ》せたそうです。今後《こんご》、観光客《かんこうきゃく》の大幅《おおはば》な増加《ぞうか》が見込《みこ》まれるため、ボランティアガイドの育成《いくせい》やおもてなし教育《きょういく》に力《ちから》を入《い》れているところもあるようです。また、中《なか》にはまだ稼働中《かどうちゅう》の施設《しせつ》もあり、世界遺産登録《せかいいさんとうろく》を機《き》にフェンス越《ご》しに外観《がいかん》の撮影《さつえい》が一般《いっぱん》に開放《かいほう》された施設《しせつ》もありますが、今《こん》後《ご》どう一般《いっぱん》に開放《かいほう》していくかも課題《かだい》になっています。

▶列為「世界遺產」的「端島炭鉱」通稱為「軍艦島」。

世界遺產

二〇一五年七月五日「日本明治時代的產業革命遺產」成為在日本登錄成功的第十九件世界遺產。這個世界遺產是由北邊的岩手一直到南邊的鹿兒島，跨越了九州的五縣以及山口、靜岡、岩手共八縣的二十三個設施所組成的。像這樣將不同地點但有關連性的數個設施提出登錄世界遺產，稱之為「系列提名」，在日本也是首例。

明治維新的開始為武士時代畫下了休止符，日本也急遽地現代化。而透過「日本明治時代的產業革命遺產」可以窺見到這現代化的過程。首先是江戶時代末年吉田松蔭在長州（現在的山口縣）開設的「松下私塾」（同縣荻市），在這裡培育了人才。還有為了擴大資源的供給，「三池炭礦」（福岡縣大牟田市、熊本縣荒尾市），或是「高島炭礦」、「端島炭礦」（以上皆位於長崎市）等陸續開山，而官營八幡製鐵所（福岡縣北九州市）、三菱長崎造船所（長崎市）等工廠也開始製造產能。

針對這個世界遺產登錄，列名世界遺產委員之一的韓國很有意見，鬧得天翻地覆。也因此登錄資格的審查進行緩慢，確定登錄的事情因而延宕。據說韓國方面不滿日本提出申請的設施當中，有強徵朝鮮勞工的處所，因而無法認同。韓國方面似乎是對日本強烈要求，必須加入「強行徵用」的詞彙。

聽說確定登錄為世界遺產之後迎接的第一個週末，各個設施都湧入了比平常更多的觀光客。預測今後觀光客將大幅增加，因此好像有些地方也開始致力於志工導覽員的養成以及待客服務的教育。另外，其中也有仍在運作中之設施，藉由這次登錄為世界遺產之契機，有些設施開放一般民眾可以從圍牆外拍照，但是今後要如何對外開放，也成為重要的課題。

關鍵單字

	重音	日文	詞性	中文
1	0	構成《こうせい》される	動	組成
2	7	シリアル・ノミネーション	名	系列提名
3	0	急速《きゅうそく》	な形	急遽的
4	2	プロセス	名	過程
5	0	幕末《ばくまつ》	名	江戶時代末年
6	0 1	私塾《しじゅく》	名	私塾（指江戶時代私人開的教育機關）
7	0・3	育成《いくせい》が なされる	連	培育
8	0	供給《きょうきゅう》	名	供給
9	0	拡大《かくだい》	名	擴大
10	0	炭鉱《たんこう》（坑《こう》）	名	煤礦
11	0	官営《かんえい》	名	官營（公營的舊稱）
12	0 5	製鉄所《せいてつしょ》	名	煉鐵廠
13	0 5	造船所《ぞうせんしょ》	名	造船廠
14	0	稼働《かどう》する	動	開始製造產能
15	3	すったもんだ	名	鬧得天翻地覆
16	1	審議《しんぎ》	名	審查
17	0 3	ずれ込《こ》む	動	延宕
18	5	強制徴用《きょうせいちょうよう》	名	強行徵用
19	0 3	文言《もんごん》	名	詞彙
20	3	盛《も》り込《こ》む	動	包含、加進
21	0	見込《みこ》まれる	動	預測
22	2	ボランティア	名	志工
23	1	ガイド	名	導覽員、導遊
24	0	おもてなし	名	待客服務
25	0	フェンス越《こ》し	名	從圍牆外

常用句型

1. ～に終止符《しゅうしふ》が打《う》たれる：為～畫下了休止符、結束～

例1 武士《ぶし》の時代《じだい》に終止符《しゅうしふ》が打《う》たれた。

為武士時代畫下了休止符。

例2 連敗《れんぱい》に終止符《しゅうしふ》が打《う》たれた。

中止連敗。

2. ～を～から垣間見《かいまみ》ることができる：透過～可以窺見到～

例1 日本《にほん》の歴史《れきし》をこれらの資料《しりょう》から垣間見《かいまみ》ることができる。

透過這些資料可以窺見到日本的歷史。

例2 日本《にほん》の文化《ぶんか》をまつりから垣間見《かいまみ》ることができる。

透過慶典活動可以窺見到日本的文化。

3. 横《よこ》やりが入《はい》る：很有意見、干涉、插嘴

例1 今回《こんかい》のプロジェクトに部長《ぶちょう》から横《よこ》やりが入《はい》った。

部長對這次的專案很有意見。

例2 結婚話《けっこんばなし》に親戚《しんせき》から横《よこ》やりが入《はい》った。

針對結婚一事親戚意見很多。

大家討論

1. どんな施設《しせつ》が「世界遺産《せかいいさん》」に登録《とうろく》されましたか？

什麼樣的設施成為了「世界遺產」？

2. 「シリアル・ノミネーション」とは何《なん》ですか？

所謂的「系列提名」是什麼？

3. 「明治《めいじ》日本《にほん》の産業革命遺産《さんぎょうかくめいいさん》」の今後《こんご》の課題《かだい》は何《なん》ですか？

「日本明治時代的產業革命遺產」今後的課題是什麼？

4. 台湾《たいわん》に「世界遺産《せかいいさん》」にふさわしいところがありますか？

在台灣有沒有適合提名「世界遺產」的地方？

日本啥東西

明治維新《めいじいしん》（明治維新）

江戶時代末期，美國等西方國家對實施鎖國政策的日本要求開放港口，造成武士勢力意見分裂，最後幕府屈服，跟幾個國家簽定不平等的通商條約。對此，部分勢力感到不滿，並企圖推翻幕府，終於在一八六七年成功使末代幕府將軍（德川慶喜）把政權還給天皇，稱之為「大政奉還《たいせいほうかん》」。廢除幕府後的隔年，以天皇為首的明治政府成立，除了實施廢除由各地諸侯統治的「藩《はん》」外，並於各地設置「県《けん》」（縣政府），稱之為「廃藩置県《はいはんちけん》」。「明治維新《めいじいしん》」一般是指這段政權的轉移過程，但也有包含引進西方技術、思想，使產業、經濟、文化等近代化的改革。

▶2018年剛好是「明治維新」150周年，舉辦了相關紀念活動。

19 成《せい》人《じん》式《しき》

「成人式」時，不少女生穿「振り袖」。

19 成人式《せいじんしき》

新年《しんねん》を迎《むか》え、お正月気分《しょうがつきぶん》がまだ抜《ぬ》けていない人《ひと》も多《おお》い1月《いちがつ》の10日《とおか》前後《ぜんご》に日本《にほん》では成人式《せいじんしき》が行《おこな》われます。成人式《せいじんしき》というのは新成人《しんせいじん》の門出《かどで》を祝《いわ》うための式典《しきてん》のことで、主《おも》に各市町村《かくしちょうそん》が主催《しゅさい》しています。もともと成人《せいじん》の日《ひ》は1月15日《いちがつじゅうごにち》でしたが、ハッピーマンデー制度《せいど》が導入《どうにゅう》されてからは1月《いちがつ》の第二月曜日《だいにげつようび》になりました。去年《きょねん》（2022年《にせんにじゅうにねん》）の成人《せいじん》の日《ひ》は1月《いちがつ》10日《とおか》でした。新成人《しんせいじん》の全員《ぜんいん》が平成生《へいせいう》まれとなってから、その人口《じんこう》の減少《げんしょう》が著《いちじる》しく、この年《とし》は約120万《やくひゃくにじゅうまん》人《にん》とベビーブームの影響《えいきょう》でもっとも新成人《しんせいじん》の人口《じんこう》が多《おお》かった昭和45年《しょうわよんじゅうごねん》と比《くら》べてほぼ半減《はんげん》しています。

成人式《せいじんしき》は成人《せいじん》の日《ひ》かその前日《ぜんじつ》の日曜日《にちようび》に行《おこな》われるのが一般的《いっぱんてき》ですが、過疎化《かそか》が進《すす》んでいる地方《ちほう》では若者《わかもの》が帰省《きせい》している正月休《しょうがつやす》みの時期《じき》を利用《りよう》して、一足先《ひとあしさき》に成人式《せいじんしき》を行《おこな》うところもあります。また、服装《ふくそう》は男性《だんせい》は背広《せびろ》が一般的《いっぱんてき》で、女性《じょせい》の場合《ばあい》は振《ふ》り袖《そで》で参加《さんか》する人《ひと》も少《すく》なくありませんが、男性《だんせい》の中《なか》には紋付羽織袴《もんつきはおりはかま》で参加《さんか》する人《ひと》もいます。会場《かいじょう》は市民会館《しみんかいかん》やホールであることが多《おお》いのですが、東京《とうきょう》ディズニーランドのある千葉県浦安市《ちばけんうらやすし》では2002年《にせんにねん》から成人式《せいじんしき》をそこで行《おこな》っています。これは新成人《しんせいじん》で構成《こうせい》される実行《じっこう》委員会《いいんかい》からの提案《ていあん》で実現《じつげん》したものですが、入園《にゅうえん》料《りょう》は市《し》の負担《ふたん》となるため、疑問《ぎもん》の声《こえ》も上《あ》がっているようです。

昔《むかし》の成人式《せいじんしき》は同《おな》じ学区《がっく》だった同級生《どうきゅうせい》が一堂《いちどう》に集《あつ》まることもあり、同窓会《どうそうかい》さながらで、小中学校《しょうちゅうがっこう》の恩師《おんし》がお祝《いわ》いに駆《か》け付《つ》けてくれることもありました。しかし最近《さいきん》はお酒《さけ》を飲《の》んで成人式《せいじんしき》に参加《さんか》したり、スタッフに暴行《ぼうこう》を働《はたら》いたりするなどトラブルが絶《た》えず、新成人《しんせいじん》のモラルの低下《ていか》も指摘《してき》されるようになり、「荒《あ》れる成人式《せいじんしき》」と言《い》われています。新成人《しんせいじん》のそのような行動《こうどう》を見《み》るに見《み》かねて市長《しちょう》や来賓《らいひん》が壇上《だんじょう》で一喝《いっかつ》する場面《ばめん》も見《み》られるそうです。

また、成人式《せいじんしき》が終《お》わると気《き》の合《あ》う仲間《なかま》と二次《にじ》会《かい》に繰《く》り出《だ》し、お酒《さけ》を飲《の》んだりもしますが、酒《しゅ》気帯《きお》び運転《うんてん》で逮捕《たいほ》される新成人《しんせいじん》が後《あと》を絶《た》たず、成人早々《せいじんそうそう》新成人《しんせいじん》の名前《なまえ》が新聞《しんぶん》やニュースをにぎわすこともあります。日本《にほん》では未成年《みせいねん》の場合《ばあい》、報道《ほうどう》では匿名《とくめい》になりますが、成人《せいじん》だと実名《じつめい》で報道《ほうどう》されるのです。大人《おとな》の仲間入《なかまい》りをする成人式《せいじんしき》。新成人《しんせいじん》の大人《おとな》としての自覚《じかく》が問《と》われています。

▶作者穿「紋付羽織袴」與母親拍紀念照。

成人式

迎接新年的來臨，當很多人還沉浸在過年氣氛的一月十日前後，日本舉行了成人式（成年禮）。成人式是為了慶祝新的成年人邁向人生另一個階段的儀式，主要是由各市鎮村來舉辦。原本成人日是一月十五日，但在導入快樂星期一的調整放假制度後，則改為一月的第二個星期一。去年（二〇二二年）的成人日是一月十日。新的成年人都出生於平成，人口明顯減少，這一年約有一百二十萬人；跟受到嬰兒誕生潮影響使得新的成年人最多的昭和四十五年（一九七〇年）相比，大約只剩當時的一半。

一般成人式多在成人日當天或前一天的星期日舉行，但在人口流失嚴重的地方，有些就會利用年輕人返鄉過年的期間搶先舉行成人式。另外，在服裝方面，男生一般是穿西裝，女生的話有不少人穿振袖（長袖和服），不過男生當中也有人會穿紋付羽織袴（男性和服的一種，有家紋的外套及褲裝和服）參加。會場以市民會館或是大會堂居多，但千葉縣浦安市的成人式自二〇〇二年起，即在位於該市的東京迪士尼樂園舉行。這是由新的成年人所組成的實行委員會提案且開始實行的，但由於入場費用由浦安市政府負擔，似乎造成一股質疑的聲浪。

以前的成人式大都是同一個學區的同學齊聚一堂，宛如同學會般，甚至有國中、小學的恩師趕來為自己祝賀。但是最近不斷發生喝了酒去參加成人式、或是對工作人員施暴等問題，新的成年人的道德低下受到指責，被大家稱為「粗暴成人式」。聽說甚至有市長或來賓等對於新的成年人的行為看不下去，在台上喝止的場面。

另外，也有在成人式結束後，和談得來的同伴再去參加二次聚會，喝了酒，結果因酒駕而被逮捕的新的成年人陸續出現，才剛成為成人，新的成年人的名字就上了新聞或占了報紙版面。在日本，未成年的話，皆會以匿名方式報導，但一旦成年，就會以真實姓名報導了。透過成人式加入了大人的行列，但新成人身為成人的自我意識，似乎稍嫌不足。

關鍵單字

	重音	日文	詞性	中文
1	03	門出《かどで》	名	邁向人生另一個階段
2	0	式典《しきてん》	名	儀式
3	0	主催《しゅさい》する	動	主辦
4	5	著《いちじる》しい	い形	明顯的
5	4	ベビーブーム	名	嬰兒誕生潮
6	0	半減《はんげん》する	動	減成一半
7	0	一般的《いっぱんてき》	な形	一般的、通常的
8	0	過疎化《かそか》	名	人口流失
9	2・0	一足《ひとあし》 先《さき》に	副	搶先舉行
10	0	背広《せびろ》	名	西裝
11	04	振《ふ》り袖《そで》	名	（女性穿的）長袖和服
12	1・4	紋付《もんつき》 羽織袴《はおりはかま》	名	（男性穿的）有家紋的外套及褲裝和服
13	4	市民会館《しみんかいかん》	名	市民會館
14	1	ホール	名	大會堂
15	01	学区《がっく》	名	學區
16	3	同窓会《どうそうかい》	名	同學會
17	1	恩師《おんし》	名	恩師
18	04	駆《か》け付《つ》ける	動	趕來
19	0	暴行《ぼうこう》	名	施暴
20	1	絶《た》えず	副	不斷地
21	30	繰《く》り出《だ》す	動	很多人一起去
22	5	酒気《しゅき》帯《お》び運転《うんてん》	名	酒駕
23	0	匿名《とくめい》	名	匿名
24	0	実名《じつめい》	名	真實姓名
25	0	自覚《じかく》	名	自我意識

常用句型

1. さながら：宛如

例1 本場《ほんば》さながらの味《あじ》が楽《たの》しめる。

可以享受宛如當地美食的美味。

例2 リハーサルとは言《い》え、本番《ほんばん》さながらです。

雖說是彩排，但宛如正式表演。

2. 見《み》るに見《み》かねて：看不下去

例1 ケンカを見《み》るに見《み》かねて仲裁《ちゅうさい》に入《はい》る。

看不下去他們打架而勸阻。

例2 捨《す》てられた猫《ねこ》を見《み》るに見《み》かねて連《つ》れて帰《かえ》る。

看不下去被遺棄的貓而帶回家。

3. 後《あと》を絶《た》たない：陸續出現、陸續發生

例1 高齢者《こうれいしゃ》の交通事故《こうつうじこ》が後《あと》を絶《た》たない。

陸續發生年長者的車禍。

例2 振込《ふりこ》め詐欺《さぎ》の被害《ひがい》が後《あと》を絶《た》たない。

陸續出現匯款詐騙的被害人。

大家討論

1. 「成人式《せいじんしき》」とは何《なん》ですか？

   所謂的「成人式」是什麼？

2. 昔《むかし》と今《いま》と比《くら》べて「成人式《せいじんしき》」はどこが変《か》わりましたか？

   過去和現在比較起來，「成人式」有什麼樣的變化？

3. 新成人《しんせいじん》のモラルの低下《ていか》が指摘《してき》されていますが、どうしたらいいでしょうか？

   新的成年人的道德低下受到指責，您認為如何對應比較好？

4. 台湾《たいわん》にも「成人式《せいじんしき》」みたいなものがありますか？

   台灣也有類似「成人式」的儀式嗎？

日本啥東西

地方自治体《ちほうじちたい》（地方政府）

地方政府的日文叫做「地方自治体《ちほうじちたい》」，其結構是四十七個「都道府県《とどうふけん》」，縣級政府下有「市町村《しちょうそん》」縣轄市級及鄉鎮級政府。「都《と》」指的是「東京都《とうきょうと》」，「道《どう》」指的是「北海道《ほっかいどう》」，「府《ふ》」指的是「大阪府《おおさかふ》」及「京都府《きょうとふ》」，其餘的都是「県《けん》（縣）」。據了解，明治維新實施「廃藩置県《はいはんちけん》（廢除舊藩設置新縣）」時，原幕府直轄地當中比較重要的東京、京都及大阪之三地稱「府《ふ》」，其他稱「県《けん》（縣）」，後來「東《とう》京府《きょうふ》」升格為「東京都《とうきょうと》」。至於「北海道《ほっかいどう》」，則是因為原幕府沒有在那裡設置過「藩《はん》」，還需要開拓，且土地比一般縣大好幾倍，因此明治政府特別設置「北海道庁《ほっかいどうちょう》（北海道廳）」，後來沿用「北海道《ほっかいどう》」此名稱。

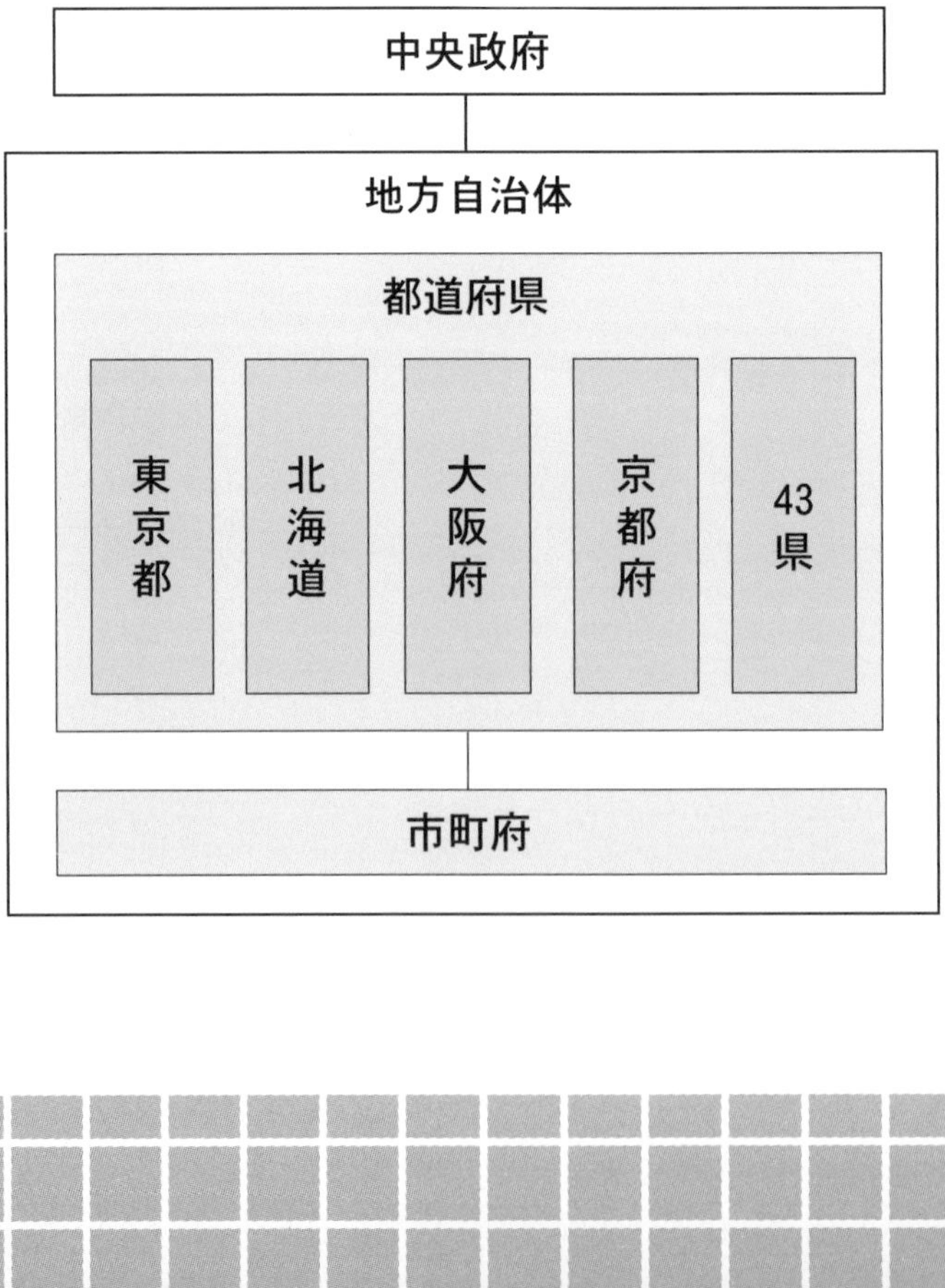

▶日本中央政府與「地方自治体」的結構。

20 ふるさと納税《のうぜい》

有人會用繳「ふるさと納稅」的方式來湊齊年菜。

20 ふるさと納税《のうぜい》

「ふるさと納税《のうぜい》」という言葉《ことば》をよく耳《みみ》にすると思《おも》います。雑誌《ざっし》で特集《とくしゅう》が組《く》まれたり、ふるさと納税《のうぜい》について詳《くわ》しく解説《かいせつ》したウェブサイトが開設《かいせつ》されたりしています。ふるさと納税《のうぜい》をすると、多《おお》くの場合《ばあい》、そのお礼《れい》として、ご当地《とうち》の野《や》菜《さい》やフルーツなどの産地直送《さんちちょくそう》の特産品《とくさんひん》や工芸品《こうげいひん》がもらえるとあって、ブームになっています。

また、12月《じゅうにがつ》に入《はい》ると、「ふるさと納税《のうぜい》でおせち料理《りょうり》を」というキャッチフレーズをよく目《め》にするようになり、翌年《よくねん》のお正月《しょうがつ》はふるさと納税《のうぜい》でおせち料理《りょうり》をそろえようという動《うご》きも活発《かっぱつ》になってくるようです。

「ふるさと納税《のうぜい》」は、地方間格差《ちほうかんかくさ》や過疎《かそ》などによる税収《ぜいしゅう》の減少《げんしょう》に悩《なや》む自治体《じちたい》に対《たい》しての格差《かくさ》是正《ぜせい》を推進《すいしん》するための新構想《しんこうそう》として2008年《にせんはちねん》に導入《どうにゅう》された制度《せいど》です。個人《こじん》が自分《じぶん》の好《す》きな自《じ》治体《ちたい》に寄付《きふ》を行《おこな》うと、寄付《きふ》した額《がく》に応《おう》じて住民《じゅうみん》税《ぜい》が還付《かんぷ》または控除《こうじょ》されるのです。その上《うえ》、寄《き》付《ふ》した自治体《じちたい》から「お礼《れい》の品《しな》」がもらえることがほとんどなので、かなりお得《とく》だといわれているのです。お礼《れい》の品《しな》の中《なか》には、非売品《ひばいひん》や普段《ふだん》は入手困難《にゅうしゅこんなん》なものもあり、レア度《ど》が高《たか》いと話題《わだい》になることもあります。

かつて「ふるさと納税《のうぜい》」をして税金《ぜいきん》の還付《かんぷ》や控除《こうじょ》を受《う》けるには、確定申告《かくていしんこく》をしなければなりませんでしたが、2015年《にせんじゅうごねん》4月《しがつ》から「ふるさと納税《のうぜい》ワンストップ特例制度《とくれいせいど》」が導入《どうにゅう》されてから、手続《てつづ》きが簡素化《かんそか》されました。確定申告《かくていしんこく》の不要《ふよう》な給与所得者《きゅうよしょとくしゃ》などは、ふるさと納税先《のうぜいさき》の自治体《じちたい》数《すう》が5団体以内《ごだんたいいない》である場合《ばあい》に限《かぎ》り、ふるさと納税《のうぜい》を行《おこな》った各自治体《かくじちたい》に申請《しんせい》することで、確定申告《かくていしんこく》が不要《ふよう》になるのです。せっかくふるさと納税《のうぜい》をしたのに確定申告《かくていしんこく》を忘《わす》れてしまい、得《とく》をするどころか逆《ぎゃく》に損《そん》をしてしまった人《ひと》も結構《けっこう》いたようなので、そういった忘《わす》れん坊《ぼ》さんには朗報《ろうほう》だったかもしれません。

この「ふるさと納税《のうぜい》」の誘致《ゆうち》に各自治体《かくじちたい》は躍起《やっき》になっています。実際《じっさい》、住民税《じゅうみんぜい》による税収《ぜいしゅう》の数倍《すうばい》をふるさと納税《のうぜい》による寄付《きふ》で集《あつ》めている自治体《じちたい》もあります。統計《とうけい》によると、2020年《にせんにじゅうねん》度《ど》のふるさと納税《のうぜい》のトップは宮崎県都城市《みやざきけんみやこのじょうし》で135億円以上《ひゃくさんじゅうごおくえんいじょう》の寄付《きふ》があり、寄付《きふ》に対《たい》する返礼品《へんれいひん》だったのは宮崎牛《みやざきぎゅう》だそうです。かつては多《おお》くの自治体《じちたい》がさまざまな工夫《くふう》を凝《こ》らし、高額《こうがく》な返礼品《へんれいひん》を準備《じゅんび》していましたが、これが問題《もんだい》となり、現在《げんざい》、返礼品《へんれいひん》は寄付額《きふがく》の三割《さんわり》までと制限《せいげん》が設《もう》けられています。

▶佐賀市的「ふるさと納税」廣告，呼籲民眾多多捐款給佐賀市。

回饋鄉里稅

常聽到「回饋鄉里稅」一詞吧。有雜誌做特集介紹，也有架設詳細說明「回饋鄉里稅」的網站。如果繳了回饋鄉里稅，大部分的情況是會收到產地直送的當地蔬果等特產或是工藝品，因此成為一股風潮。另外，進入十二月之後，常看到「回饋鄉里年菜大集合」的廣告詞，聽說有不少人考慮過年前用繳「回饋鄉里稅」的方式來湊齊年菜。

「回饋鄉里稅」是為了降低各地方政府所煩惱的因地區差異及人口流失造成稅收減少的落差，而於二〇〇八年導入的新制度。個人若是捐款給自己喜歡的地方政府的話，依照捐款金額，可以退還住民稅或是抵稅。再加上幾乎都可以收到該地方政府的「回禮」，據說是非常划算的。回禮中，有些是非賣品、或是不容易買到的東西，高稀有度也造成了話題。

原本捐了「回饋鄉里稅」之後，要退稅或抵稅都必須在報稅時辦理申請，但從二〇一五年四月起，導入了「回饋鄉里稅單一窗口特例制度」，手續變得簡單了。不需申報薪資的所得人，只要是捐贈的「回饋鄉里稅」沒超過五個地方政府，就可以在各受贈地方政府辦理退稅或抵稅，不用再另外報稅。因為好像有不少人明明捐了回饋鄉里稅卻忘記報稅，本以為是賺到沒想到卻反而損失，所以對這類健忘的人來說，或許是個好消息。

各地方政府正在積極勸進捐贈「回饋鄉里稅」。實際上，有些地方政府稅收是靠比住民稅多了好幾倍的回饋鄉里稅在支撐。據統計，二〇二〇年度「回饋鄉里稅」奪冠的是宮崎縣都城市，聽說募集到超過一百三十五億日圓的捐款金額，而其回禮則是「宮崎牛」。曾經不少地方政府想盡辦法準備了高價的回禮，卻反而成為了問題，現在則有限制回禮價值不得超過捐款金額的三成。

關鍵單字

	重音	日文	詞性	中文
1	0	開設《かいせつ》される	動	被架設
2	0・1	産地《さんち》 直送《ちょくそう》	名	產地直送
3	0	特産品《とくさんひん》	名	當地特產
4	03	工芸品《こうげいひん》	名	工藝品
5	1	ブーム	名	一股風潮
6	4	おせち料理《りょうり》	名	年菜
7	5	キャッチフレーズ	名	廣告詞
8	1	目《め》にする	慣用句	看到
9	6	活発《かっぱつ》に なる	連	變得活躍
10	1	格差《かくさ》	名	（地區）差異
11	0	是正《ぜせい》	名	糾正、改正
12	3	住民税《じゅうみんぜい》	名	住民税（繳給地方政府的税）
13	1	還付《かんぷ》	名	退還
14	1	控除《こうじょ》される	動	被抵扣
15	0	お礼《れい》の品《しな》	名	回禮
16	02	非売品《ひばいひん》	名	非賣品
17	4	入手困難《にゅうしゅこんなん》	名	不容易買到的
18	2・2	レア度《ど》が 高《たか》い	連	高稀有度
19	5	確定申告《かくていしんこく》	名	報税
20	4	ワンストップ	名	單一窗口
21	0	簡素化《かんそか》される	動	被簡化
22	1	給与《きゅうよ》	名	薪資
23	1	結構《けっこう》	副	相當
24	0	忘《わす》れん坊《ぼ》	名	容易健忘的人
25	0	朗報《ろうほう》	名	好消息

常用句型

1. よく耳《みみ》にする：常聽到

例1 彼《かれ》の悪《わる》いうわさをよく耳《みみ》にする。

常聽到他不好的傳言。

例2 その言葉《ことば》はテレビでよく耳《みみ》にする。

常透過電視聽到那句話。

2. 躍起《やっき》になる：積極勸進

例1 県《けん》は観光客《かんこうきゃく》の誘致《ゆうち》に躍起《やっき》になっている。

縣政府積極勸進爭取觀光客到訪。

例2 メーカーは新商品《しんしょうひん》の開発《かいはつ》に躍起《やっき》になっている。

廠商積極勸進開發新商品。

3. 工夫《くふう》を凝《こ》らす：苦思、想盡辦法

例1 工夫《くふう》を凝《こ》らして新商品《しんしょうひん》を開発《かいはつ》する。

想盡辦法開發新商品。

例2 工夫《くふう》を凝《こ》らして節約《せつやく》する。

想盡辦法省錢。

大家討論

1. 「ふるさと納税《のうぜい》」とは何《なん》ですか？

   所謂的「回饋鄉里稅」是什麼？

2. どうして「ふるさと納税《のうぜい》」が導入《どうにゅう》されましたか？

   為什麼要導入「回饋鄉里稅」？

3. 「ふるさと納税《のうぜい》」でもらえる「お礼《れい》の品《しな》」にはどんなものがありますか？

   利用「回饋鄉里稅」可以收到的「回禮」有哪些？

4. 台湾《たいわん》にはどのような税金制度《ぜいきんせいど》または寄付制度《きふせいど》がありますか？

   在台灣有什麼樣的稅制或捐款制度？

日本啥東西

確定申告《かくていしんこく》（報稅）

在台灣每年五月都要申報綜合所得稅，但是在日本大部分的上班族都不需要特別報稅，因為公司通常每個月都會從薪資裡替員工預扣稅金，除非有超過規定的額外收入、或有符合規定的抵扣，才會於每年二月十六日～三月十五日「確定申告《かくていしんこく》」。

而日本的所得稅有兩種：一種是繳給國家的「所得稅《しょとくぜい》」，另一種是繳給地方政府的「住民稅《じゅうみんぜい》」。

▶報稅期間有「**確定申告**」詢問的便民服務。

國家圖書館出版品預行編目資料

大家的新聞日本語 / 吉岡桃太郎著
-- 初版 -- 臺北市：瑞蘭國際, 2023.01
176面；19 x 26公分 -- （日語學習系列；67）
ISBN：978-626-7274-01-9（平裝）
1.CST：日語 2.CST：讀本
803.18　　111021766

日語學習系列67

大家的新聞日本語

作者：吉岡桃太郎
責任編輯：葉仲芸、王愿琦
特約編輯：呂依臻
校對：吉岡桃太郎、呂依臻、葉仲芸、王愿琦

日語錄音：吉岡桃太郎
錄音室：純粹錄音後製有限公司
封面設計：劉麗雪
版型設計：陳如琪
內文排版：邱珍妮、陳如琪

瑞蘭國際出版
董事長：張暖彗・社長兼總編輯：王愿琦
編輯部
副總編輯：葉仲芸・主編：潘治婷
設計部主任：陳如琪
業務部
經理：楊米琪・主任：林湲洵・組長：張毓庭

出版社：瑞蘭國際有限公司
地址：台北市大安區安和路一段一〇四號七樓之一
電話：(02)2700-4625・傳真：(02)2700-4622
訂購專線：(02)2700-4625
劃撥帳號：19914152 瑞蘭國際有限公司
瑞蘭國際網路書城：www.genki-japan.com.tw

法律顧問：海灣國際法律事務所　呂錦峯律師

總經銷：聯合發行股份有限公司
電話：(02)2917-8022、2917-8042
傳真：(02)2915-6275、2915-7212
印刷：科億印刷股份有限公司
出版日期：二〇二三年一月初版一刷
二〇二三年九月初版二刷
定價：四八〇元・ISBN：978-626-7274-01-9